智元微库
OPEN MIND

成长也是一种美好

只管尽兴，反正年轻

蔡澜 著

[新加坡]

人民邮电出版社

北京

图书在版编目（CIP）数据

只管尽兴，反正年轻 /（新加坡）蔡澜著. — 北京：
人民邮电出版社，2024.7
ISBN 978-7-115-63358-3

Ⅰ．①只… Ⅱ．①蔡… Ⅲ．①回忆录—新加坡—现代
Ⅳ．①I339.55

中国国家版本馆CIP数据核字（2023）第254084号

◆ 　　著　　［新加坡］蔡　澜
　　责任编辑　王铎霖
　　责任印制　周昇亮

◆ 人民邮电出版社出版发行　　　北京市丰台区成寿寺路11号
　　邮编　100164　　电子邮件　315@ptpress.com.cn
　　网址　https://www.ptpress.com.cn
　　天津千鹤文化传播有限公司印刷

◆ 开本：880×1230　1/32
　　印张：7.25　　　　　　　　　2024年7月第1版
　　字数：150千字　　　　　　　2024年7月天津第1次印刷
　　　　　　著作权合同登记号　图字：01-2023-2488号

定价：69.80元
读者服务热线：（010）67630125　印装质量热线：（010）81055316
反盗版热线：（010）81055315
广告经营许可证：京东市监广登字20170147号

吃得好一点，睡得好一点，多玩玩，

不羡慕别人，不听管束，

多储蓄人生经验，死而无憾，

这就是最大的意义吧，一点也不复杂。

我们
为什么还要
读蔡澜

蔡澜先生 1941 年出生于新加坡，祖籍广东潮州。父亲蔡文玄去南洋谋生，常望乡，梦见北岸的柳树，故取笔名"柳北岸"；蔡澜生于祖国之南，父亲为其取名"蔡南"，为避家中长辈名讳，改为"蔡澜"。蔡澜先生戏称，自己名字谐音"菜篮"，因此一生热爱美食。

蔡澜先生拥有许多身份，他是电影监制、专栏作家、主持人、美食家；他交友众多，与金庸、黄霑、倪匡并称"香港四大才子"；他爱好广泛，喝酒品茶、养鸟种花、篆刻书法均有涉猎；他活得潇洒，过得有趣，曾组织旅行团去往世界各地旅行游历，不少人认为他也是难得的生活家。

春节前后，蔡澜先生开放微博评论回复网友提问，不少网友将日常纠结、内心困惑、生活难题和盘托出，等待蔡澜先生解惑。面对网友，蔡澜先生智慧而不说教，毒舌但不高傲，渊博而不卖弄；面对读者，他诉说旅行见闻，介绍美食经验，回顾江湖老友，分享人生乐事。隔着屏幕，透过纸页，蔡澜先生用诙谐有趣的语言和鞭辟入里的观点收获了很多年轻人的喜爱。

读他
通透，豁达，
活得潇洒

提到蔡澜，很多人会想到"香港四大才子"。金庸先生生前常与蔡澜先生同游，他这样评价这位朋友："我现在年纪大了，世事经历多了，各种各样的人物也见得多了，真的潇洒，还是硬扮漂亮，一见即知。我喜欢和蔡澜交友交往，不仅仅是由于他学识渊博、多才多艺、对我友谊深厚，更由于他一贯的潇洒自若。好像令狐冲、段誉、郭靖、乔峰，四个都是好人，然而我更喜欢和令狐冲大哥、段公子做朋友。"

金庸先生是蔡澜先生年少时的文学偶像，他们后来竟成了朋友。蔡澜先生总说："怎么可以把我和查先生并列？跟他相比，我只是个小混混。"四个人中，蔡澜先生年纪最小，因此他不得不一次次告别老友。书里写他与众多友人的欢聚时刻，多年后友人也渐渐远行。蔡澜先生喜爱李叔同的文字，这一路走来，似乎印证了"天之涯，地之角，知交半零落"这句歌词，但这似乎又不符合他的心境，因为当网友问到"四大才子剩你一人，你是害怕多一点还是孤独多一点"时，蔡澜先生回道："他们都不想我孤独或害怕的。"

蔡澜先生爱好广泛，见识广博，谈起美食，从食材选择到烹饪手法，再到哪里做得正宗，他如数家珍；谈起美酒，他对年份、产地、口感头头是道；谈起电影，他又有多年的从业经验，与一众名导、演员有过合作；谈起文学，他有家族的传承——父亲是作家、诗人，郁达夫、刘以鬯常来家中做客；至于茶道、书法、篆刻，他也别有一番研究。

蔡澜先生喜爱明末小品文，其写作风格也受到当时文人的影响，而妙就妙在，他继承了过去文人那种清雅、隽永的文风，他的文章形式上简洁精练，意蕴悠远绵长，但同时，他并未与"Z世代"有所区隔，他熟练使用社交网络，和年轻人交朋友，对新鲜事物充满热情。他不哀怨，不沉重，不说教，常以通透、豁达的形象示人，正如金庸先生所言："蔡澜是一个真正潇洒的人。率真潇洒而能以轻松活泼的心态对待人生，尤其是对人生中的失落或不愉快遭遇处之泰然，若无其事，他不但外表如此，而且是真正的不萦于怀，一笑置之。"

读他
坦率，仗义，
快意人生

蔡澜先生交游甚广，是很多人的好朋友。倪匡先生曾说："与他相知逾四十年，从未在任何场合听任何人说过他坏话的。"

究其原因，多半是他那份仗义和真诚让人信任。

年轻时，蔡澜先生的生活可算是"花团锦簇"。年少时的他交往了众多女朋友，连父亲都同老友说："这孩子年轻时女朋友很多。"到后来，他回顾年轻时的自己，也说"我并不喜欢年轻时的我"。

很多人常议论蔡澜先生年轻时的风流，也有不少人视其为"浪子"，称他是绝对的大男子主义，但他为女性仗义执言又颇让女士们受用。面对"剩女"这一性别歧视类话题，蔡澜先生就表示："剩女这个名字本身就是失败的。什么剩什么女呢，人家不会欣赏罢了。大家过得开开心心，几个女的一块，去玩呐，哪里有什么剩不剩。剩女很好，又不必照顾这个，又不必照顾那个。快点去玩！"这样的言辞让人忍俊不禁，直呼他是大家的"嘴替"。

不仅如此，他还呼吁女性把钱花在增长学识上，鼓励女性多读书、多旅行，拥有自己把日子过好的能力。

蔡澜先生极度坦诚，他从不掩非饰过，也不屑弄虚作假。因"食家"的身份被众人所知后，他不接受商家请客，坚持自己付账，就为了能客观评价餐厅。有餐厅老板找他合影，他不好拒绝，但担心商家用合影招揽食客，于是约定，板着脸合影，表达也许这家餐厅味道不怎么样。

读他
一段过往，
笑对自己的人生

蔡澜先生的人生经历可谓精彩。他生于第二次世界大战期间，青年时期留学日本，在电影行业工作几十年，见证了草创时的筚路蓝缕，也见证了黄金时期的繁荣景象。书里有他的童年回忆和故人旧事，有他拍电影时的所见所感，有他悠游天地间的见闻，有他追忆老友的感人片段。蔡澜先生如今已 80 多岁，但这套书里充满了当代年轻人所喜爱的要素。探店？蔡澜先生寻味的足迹遍布世界各地，吃过的餐厅数量绝对可观。城市漫步（Citywalk）？蔡澜先生可是组过旅行团的，金庸先生就是他的团友。吃播测评？蔡澜先生参加过诸多美食节目，也常发文品鉴美食。生活美学？蔡澜先生就是一个能把艺术、生活与哲理融合在一起的人，他对日常生活的独到见解，相信可以打动很多人。

他对很多事都展现出强烈的好奇心，因为什么都想试试看，才能慢慢变成懂得欣赏的人。这套书涵盖了蔡澜先生 80 载人生经历，囊括 40 年寻味的饮食经验，有他的志得意满和年轻气盛，也有他如童稚时的那股调皮与恶作剧。他的追溯，仿佛能唤起我们内心的情感共振，我们如此这般，似乎只是一个想念妈妈做饭味道的小朋友。

在 2023 年摔伤之前，蔡澜先生总是笑着出现在众人面前，他也常说"希望我的快乐染上你"。他并非没有愁肠，只是选择不把痛苦的一面展露出来。他说："我是一个把快乐带给别人的人，有什么感伤我都尽量把它锁在保险箱里，用一条大锁链把它锁起来，把它踢进海里去。"所以，在生活节奏加快，我们的人生不断遇到迷茫和挑战的今日，希望这套书能如蔡澜先生其人一般，给大家带来快乐，让更多人开心。

出 版 说 明

　　蔡澜先生中学时便开始写作投稿，40 岁前后开始系统性地撰写专栏，多年来撰写了多种类型的文章。因老父赴港在餐厅等位耗时颇久，蔡先生下决心"打入饮食界"，这些年他吃在四方，撰写了大量的文章，这些文章零散发表在各处，这次蔡先生挑选历年文章，重新修订，整理成系统、精彩的文集，奉献给读者。

　　本次出版图书 2 套，共 8 本，从"饮食"和"人生"两个方面集萃蔡澜先生这几十年的饮食经验和人生经历。"饮食经验"一套分别介绍食材、烹饪方法、外国饮食文化及中华饮食文化；"人生经历"一套按时间划分，分别反映从他出生到 20 世纪 80 年代、20 世纪 90 年代、千禧年后第一个 10 年以及 2010 年至今的生活体悟。

　　除蔡澜先生多年来撰写的各类旧文，这套书还与时俱进，收录了蔡澜先生近些年的新作，分享其居家自娱自乐的生活趣事。蔡澜先生出生于新加坡，现长居中国香港，其语言习惯和用词与规范的汉语不免存在差异，现作以下说明。

1. 蔡澜先生文章中使用的方言表述，如"巴仙""难顶""好彩"等，我们仍保留其原状，只在首次出现时标注其通用语义；如意大利帕尔马火腿，粤语发音也叫"庞马火腿"，我们沿用其"庞马火腿"之名，也在首次出现时注明。一些食物有多种称谓，我们通常使用其被广泛使用的名称，如"梳乎厘"，我们统一写作"舒芙蕾"。

2. 文中使用的外文表述，包括但不限于英语、法语、日语等名称，我们尽量列出其中文译名，实在无法对应之处，我们在文中仍保留外文名。

3. 本书文章写作时间跨度极大，但所有文章均写于 2023 年之前，文中所提及的食材的安全性、卫生标准及合法性均视写作时的具体情况而定，本书不做追溯。关于各地旅行的见闻，代表蔡澜先生游览之时的具体情况，反映当时当地的状况，并非今日之实况。因经济发展、社会变迁而早已不适用于今日的内容，我们酌情做了删减。

4. 蔡澜先生年轻时留学日本，后来因工作及个人爱好前往世界各地旅行，文中提到的货币汇率，均代表写作文章时的汇率，我们不做换算。

　　作为一名食家，蔡澜先生对食材、美食、餐厅的看法均为他这几十年亲自品评所得之体会，而非仰赖权威机构排名。正如蔡澜先生评价食评人汉斯·里纳许所言："我对他的判断较为信任，至少他说的不是团体意见，全属个人观点。可以不同意，但不能说他不公平。而至于口味问题，全属个人喜恶。"我们秉持求同存异之态度，向诸位读者展现蔡澜先生的心得，也欢迎读者与我们一同探索美食的真味。

　　今天要比昨天高兴，明天又要比今天开心。这是蔡澜先生一再告诉我们的。希望我们的几本书能像一个"开心菜篮"，让大家从蔡澜先生的故事中采撷快乐，收获开心。

目录

第二章

第三章

第四章

第一章

最忆是故乡，难忘是故人

回忆　名字　奴母　酒舅泼尊

海南师傅　冰银座　老细婶广长

倪匡　三毛　制片　醉龙液

成龙　凤月堂　导演雪大师　翻车糊糊与补衣

古龙　弹球盘　绿屋绮梦　树根克

阿叔的书　八百屋垂钓

惆老人　配音　陆羽

片冈千惠藏　福建薄饼　鱼斋主人

阿光师林棠　伊东屋花

矶崎宏三

瞬陶斋一休和尚

当人类创造回忆

有人建议我根据年龄写一个一生大事年表。

真好笑。年表这件事是后人代为编排，作者自己写的，多数像自传一样，只有夸耀，不忠不实，还是写成小说吧！

自己几岁几岁时，世界发生了什么事，倒可以记载一番。那是历史，篡改不了的。

我出生于太平洋战争爆发的 1941 年。

从出生到三岁这段时间，我没有记忆，只能从父母和家人的口述中得到数据。有件事相当滑稽。

日本鬼子入侵，我们一家，包括父亲、母亲、姐姐、哥哥及奶妈与我六人逃难，从市中心一直跑到乡下躲避，情势之险恶有如丰子恺先生的漫画所描述，悲惨的场面举目皆是。逃难没有东西吃，母亲的身体也流不出乳汁，奶妈以前是负责姐姐的喂养的，一直跟随着我们，变成了姑妈之类的家族成员，对八年后出生的我，已不负责当年的工作！

"一路上，我到底是靠什么活下来的？"后来我出于好奇，提出这个问题。

"吃蝴蝶粉呀！"奶妈说。

"什么是蝴蝶粉？"我问，"是奶粉吗？"

奶妈解释："当年还没发明奶粉。蝴蝶粉是一种用白米磨成的粉末，英国制造，铁罐上印着一只蝴蝶，大家都叫它蝴蝶粉，舀一汤匙出来，用滚水泡开，大力搅拌，变成像糨糊一样的东西。"

"什么？"我说，"我是吃糨糊的？"

大家都笑了。

即刻我又很自然地反应："逃难的时候，哪来的木头烧滚水？"

母亲呆了一下，笑着说："现在想起来，那时候大家只顾着逃命，都没吃东西，你也饿肚子。"

"好彩① 没饿死。"我拍拍胸口。

大家都跟着拍拍胸口："好彩，好彩。"

"没遇着日本兵吗？"我问。

姐姐记得最清楚："日本兵倒没遇到，但是头顶不断有飞机飞过。"

"炸弹炸个不停吧？"我问。

"何止炸弹，"姐姐说，"飞机飞得很低，机关枪扫射，嗒嗒嗒嗒……"

"大家怎么躲避？"我问。

"都跳进沟渠里呀！"姐姐说。

"我也跟着跳进去了？"我问。

"你连路也不会走，哪会跳？"姐姐说。

"那么我在哪里？"

"妈妈背着你呀！"

"这就是我要说的问题了。"我急了起来，"妈妈背着我跳进沟渠里，我不是暴露在外面？"

脑中出现那么一连串的画面：远处听到飞机的声音，众人一面跑一面回头看。飞机飞得愈来愈近，众人的脚步愈来愈快。背上的婴儿受到

---

① "好彩"在粤语里的意思是幸运、好运。——编者注

颠动，大声啼哭，炸弹投下。轰隆轰隆，椰林中弹，燃起巨火。逃难的人被震得把头一缩，继续往前奔跑。

嗒嗒嗒嗒，一排子弹扫了下来，逃在后面的人被子弹穿胸而过，血液飞溅。

家人见情势不妙，纷纷各自跳进沟渠。（那沟渠也不是很深，不然不敢跳进去。）

第一架飞机在头顶飞过去，大家以为没事了，忽然又听到第二架飞机低飞的引擎声，转头一看，飞机双翼喷出闪电般的火光，嗒嗒嗒嗒，又是一排子弹扫射下来，柏油路被打出一个个的洞，碎石飞扬。

突在路面上的婴儿，挥动着双手，张口大哭，嗒嗒嗒嗒的炮火声淹没了啼哭声。

眼见又一枚炸弹由高空投下。

炸弹由远而近，发出嘘嘘的尖声。

说时迟，那时快，路旁的一棵巨树被炸中倒下，刚好倒在婴儿旁边，炸弹爆炸时弹壳横飞，一片片铁皮直飞，镶进了树干。

婴儿已经哭得疲倦，耳朵又被炮火震得听不到声音，周围椰林的火焰变成橙黄色的海洋。炸弹的爆裂，是无数的烟花。那阵浓烟是各类动物的化身，中间有只巨鹰，飞来飞去，飞进一个很大的鸟巢。婴儿仔细一看，原来是妈妈蓬松的头发，他咯咯地笑了出来。

家人惊魂甫定，看到沟渠中流着的山泉，清澈可喜，就舀了一些来冲蝴蝶粉。冷水泡制，当然搞不出浆状。弄得一塌糊涂，喂将起来。婴儿有东西吃，也不管好坏便狂吞下去，笑得更厉害了。

"完全不是那样的。"姐姐说，"后来的事，大家都吓得记不起来了。"

好生失望，故事那么说，才有趣嘛。

所谓大难不死，必有后福，后来我一生做人不太努力，也没有经过什么风浪，活到今天。

大华戏院，与蛋黄的故事

当我有记忆时，是住在一家叫"大华戏院"的三楼。从客厅走出去，就能看到银幕。

"大华戏院"是一座很古老的建筑物，戏院外面有四幅画，设计完后请景德镇师傅烧好拼上的，每幅画有四五十尺 [①] 高，七八尺宽，画着京剧人物。瓷砖从中国运到南洋，由中国工人一块块牢牢地砌上去。七八十年后，一片也不残缺剥脱，颜色鲜艳，表面光亮，真是不可多得的艺术品。

家父蔡文玄，跟着邵仁枚、邵逸夫两兄弟来南洋发展电影事业，除主管电影的发行之外，还当"大华戏院"的经理，所以我们的家被安顿在其中。

妈妈做买卖，姐姐、哥哥上学，奶妈忙着做家务。剩下我，每天看电影，放映多少场看多少场，反正小孩子对重复又重复的事不感厌倦。

那是一个专门用来监察戏院一切的包厢，从下面往上看，像个阳

---

① 尺，中国市制长度单位，1 尺约为 33.33 厘米。——编者注

台。从那里，可以看到一楼和二楼的观众席，包厢有如一个大贝壳，边上有条铁栏杆，我不够高，家人搬了一张椅子给我半蹲半跪在上面看戏。

你知道小孩子是静不下来的，有时我会在黑暗之中爬上去抱住栏杆，看电影看到疲倦了我就那么睡着，要是一不小心摔下去，也就"拜拜"了。

生日那天，家人做了些甜面，潮州家庭有那么一个传统，生日要吃用糖煮汤汁的面，相当难吃，面本来应该吃咸的嘛。

甜面之外，还有一个煮得全熟的鸡蛋。用张写春联的红纸，趁鸡蛋还湿的时候在壳上磨一磨，就染红了。

那时候要吃到一个鸡蛋并不是很容易的事，所以对那颗鸡蛋要小心翼翼，慢慢地欣赏。先剥了蛋壳，盐也不蘸，保持原味，一小口一小口嚼蛋白。

忽然，警报响了，飞机来轰炸。爸爸、妈妈、姐姐、哥哥和奶妈赶紧拉我去防空壕躲避，我那留在最后才舍得吃的蛋黄，黄澄澄的，像睁着眼睛望着我，要求我不要抛弃它。我一急，一手抓住，往口中送。那么一呛，卡住了喉咙，一面跑一面喘不了气，差点儿憋死。

从此，一生中，看到蛋黄就怕，再也不碰。

之后的那段时间，只有零零星星的回忆。

姐姐很乖，书读得好。哥哥顽皮透顶，一次上写毛笔字课时，他忘记带水，就用小便去研磨，回家被爸爸妈妈骂。他人老实，这是他自己告诉大家的。

哥哥又喜欢剪报纸，一有空就把报纸中的广告都剪下来。盘着腿，坐在地下剪，一不小心，剪到自己，血流得满地。

还有一次，哥哥追一只猫，追到阁楼，踏进脆薄的天花板，整个人跌下来，昏倒了。爸爸妈妈也不知道怎么办才好，只有一人抓手一人抓脚，把他摇来摇去，摇醒了。

请不要把房子建筑在我的回忆中

回忆录写到这里，大致和事实没什么出入，再接下去的就不能担保了，因为每一个人对自己的过往，都只留下好的。虽无上司，也报喜不报忧，请读者姑且信之。

家父虽有戏院经理一职，在战争的阴影下，物资短缺，生活还是艰苦的，父母兼两份事做，一家人才能糊口。爸爸是文人，想做买卖，出了一个馊主意，说去卖蚊帐，这种货哪有人要，几天就作罢了。

还是女人的生存本领高，妈妈早上到一个叫榜鹅的乡下小学教书，顺便在树林中摘下免费的野生杧果，回家后用甜醋浸

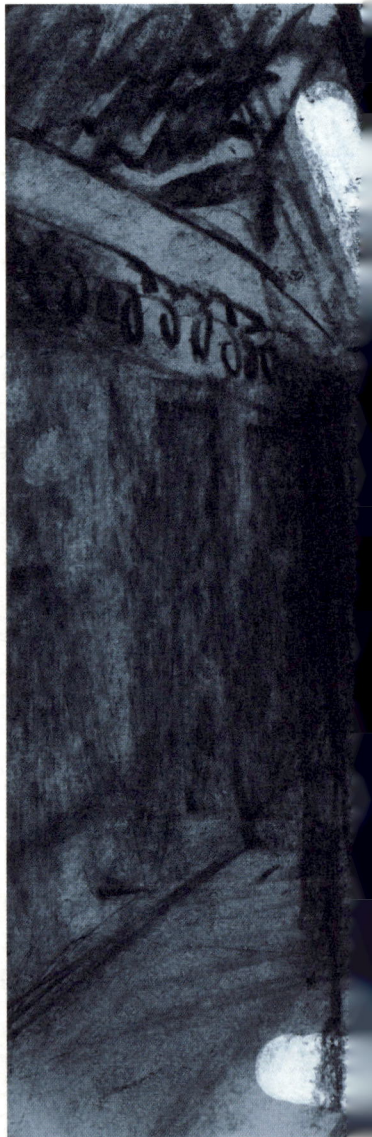

了，晚上拿去卖，也赚不少钱。

母亲做买卖赚的钱，时常借给亲戚和朋友救急，这时他们都拿了一叠叠簇新的钞票来奉还。这些银纸①是日本军印的，将新加坡改名为昭南岛，上面印着一棵香蕉树，挂着一大串果实。华人将此票称为香蕉纸。日本人被打败，这种钞票都作废了，这时他们才用来还钱，妈妈唯有苦笑。

一大箱的香蕉纸，被我和哥哥用来当玩具，横放一张，竖摆一页，左叠右折，愈来愈多，起先像风琴，后来变成一条纸龙，那时又没有什么"大富翁"之类的游戏，这些香蕉纸也让我们玩得不亦乐乎。

有个亲戚，拿了几条东西来，当债还，那东西看着像当今的MARS朱古力，用锡纸包住。妈妈问他是什么。"鸦片呀！可以卖很多钱的。"亲戚说。

家母是新一代青年，最痛恨鸦片带给中国人民的毒害，即刻拿去烧掉。

燃烧时发出很奇异且浓烈的味道，记忆犹新。

在马路上，一车车英国兵驾驶的货车，载着垂头丧气的日本战俘。群众看到了，都挥着双手，大骂："马鹿野郎！"②

我们也随之从大华戏院搬家，新址是一个叫"大世界"的娱乐场，地方大得不得了，里面有戏院、舞厅、店铺、体育场，按照上海模式建的。父亲被派去"大世界"当经理，我们的新家，就在娱乐场里面。

---

① 银纸，粤语中指纸币、钞票。——编者注

② "马鹿野郎"，日语音译，意思是"你个蠢货"。——编者注

　　刚才说过，回忆录已多数是不忠不实的，写成小说后大家就不会考究了，所以我将住在"大世界"的这段童年改成一部叫《吐金鱼的人》的中篇故事，在此不赘述了。

　　我们在"大世界"一住六七年，家中环境渐好，母亲又机灵，跟着一位我们称为"统道叔"的老朋友买股票，又投资马来西亚的橡胶园，这样家中便有了些储蓄。家父反而工字不出头 ①，薪水仅仅够家用罢了。

　　花了一大笔钱，双亲在新加坡后巷实笼岗六条石买了一个家，地址记得清楚，是罗兰路 47 号。

　　搬新家时那种兴奋的心情，是很难用笔墨形容的，一切是那么新鲜，那么愉快。

　　那是一座大屋，犹太人建的，两层楼，大人搬家具，小孩子开窗，数一数，有一百七十多扇。

　　从一个铁闸走进去，经过一段泥路，才到家。花园很大，种满果树，旁边有个水泥铺成的羽毛球场，是我们最高兴看到的。

　　隔篱是座庙，庙前是一个马来人的村庄，椰子林中，有名副其实的马来鸡到处奔跑，鸡腿瘦到极点。

　　我在这里度过了青春期，直到出国留学。这段时间头脑已成熟，有记忆的事件很多，但是记录起来又恐怕变成虚构，只有留着当另一部小说用，现在写的当成一些背景资料吧。

　　生活在异乡时，往往梦回那片椰林、那座大屋、花园中的红毛丹

---

① "工字不出头"是旧社会受尽欺压的穷苦工人对自己悲惨命运的嘲弄，意思是打工的工作性质永无出头之日。——编者注

树、奶妈的逝去……醒来，枕湿。

多年后，专程请友人驾车，回罗兰路去看看故居，整条马路都改得面目全非，往时的影子一点也没留下，愈走近 47 号愈心慌。一看，一栋栋的住宅屹立着，花园也消失了，心中大喊："请你不要把房子建筑在我的回忆中！"

故屋拾忆，园已荒芜，屋子破旧

小时候住的地方好大，有 26 000 平方英尺 ① 。

记得很清楚，花园里有个羽毛球场，哥哥姐姐的朋友放学后总在那里练习，每个人都想成为"汤姆士杯"的得主。

屋子原来是个英籍犹太人住的，一楼很矮，二楼较高，但是一反旧屋的建筑传统，窗门特别多，到了晚上，一关就有一百多扇。

由大门进去，两旁种满了红毛丹树，每年结果，树干给压得弯弯的，用根长竹竿剪刀切下，到处送亲戚朋友。

起初搬进去的时候，还有棵榴梿树，听邻居说是"鲁古"的，果实硬化不能吃的意思，父亲便雇人把它砍了，我们摘下未成熟的小榴梿，当手榴弹扔。

---

① 1 英尺 = 0.3048 米；1 平方英尺 = 0.0929 平方米。——编者注

　　房子一间又一间，像进入古堡，我们不断地寻找秘密隧道。打扫起来，是一大烦事。

　　粗壮的凤凰树干，是练靶的好工具，我买了一把德国军刀，直往树干飞，整成一个大洞，父亲放工回家后，臭骂我一顿。

　　最不喜欢做的，是星期天割草，当时的机器，为什么那么笨重？四把弯曲的刀，两旁装着轮子，怎么推也推不动。

　　父亲从朋友的家里移栽了嫁接的番荔枝、番石榴。矮小的树上结果，我们不必爬上去便能摘到，肉肥满，核小，籽少，甜得很。

　　长大一点，见姐姐哥哥在家里开派对，自己也约了几个身形苗条的女性朋友参加。

　　由家到市中心，有六英里^①路，要经过两个大坟场，父亲的两个好朋友去世后葬在那里，父亲每天上下班都要看他们一眼。伤心，便把房子卖掉了，搬到别处。

　　几年前回去看过故屋，园已荒芜，屋子破旧，已没有小时候感觉的那么大，听说业主要等地价好时建新楼出售。这次又到那里怀旧一番，已有八栋白屋子树立。忽然想起《花生漫画》里的史努比，当它看到自己的出生地野菊园变成高楼大厦时，大声叫喊："岂有此理！你竟敢把房子建筑在我的回忆上！"

---

① 1英里约为 1.609 千米。——编者注

名字的故事

我们家，有个名字的故事。

哥哥蔡丹，叫起来好像"菜单，菜单"。家父为他取这个名字，主要是他出生的时候不足月，小得不像话，所以命名为"丹"。蔡丹现在个子肥满，怎么样都想象不出当年小得像颗仙丹。

姐姐蔡亮，念起来是最不怪的一个。她一生下来大哭大叫，声音响亮，才取了这个名。出生之前，家父与家母互约，男的姓蔡，女的随母姓洪，童年叫洪亮，倒是一个音意皆佳的姓名。

弟弟蔡萱，也不会被人家取笑，但是他个子瘦小，又是幼子，大家都叫他"小菜"，变成了虾米花生。

我的不用讲，当然是菜篮一个啦。

好朋友给我们串了个小调，词曰："老蔡一大早，拿了菜单，提了菜篮，到菜市场去买小菜！"

姓蔡的人，真不好受。

长大后，各有各的事业，丹兄在一家机构中做电影发行工作，我只懂得制作方面，有许多难题都可以向他请教，真方便。

亮姐在新加坡最大的一所女子中学当校长，教育 3000 个中学生，我恨不得回到学生时代，天天可以往她的学校跑。

阿萱在电视台当高级导播，我们三兄弟可以组成制、导和发行的铁三角，但至今还没有缘分。

为什么要取单名？

家父的解释是古人多为单名。他爱好文艺和古籍，故不依家谱之

"树"字辈，各为我们安上一个字，又称，发榜时一看中间空的那个名字，就知道自己考中了。当然，不及格也马上晓得。

我的澜字是后来取的，生在南洋，又无特征，就叫南。但发现与在中国的长辈同音，祖母说要改，我就没有了名。友人见到我管我叫"哈啰！"，我就变成了以"哈啰"为名。

蔡萱娶了个日本太太，儿子叫"晔"，二族结晶之意，此字读音同"叶"，糟了，第二代，还是有一个被取笑的对象：菜叶。

热天和冰，解不了缘

热天和冰，解不了缘。

印度人推着他的冰车，我们老远已经看到，把地上的石弹子拾起来放进短裤的袋子里，冲过去围绕着他。

这家伙不慌不忙，慢动作地由车后的冰箱拿出一长条沾满木屑的冰块。所谓冰箱，也不过是包着铁皮的木盒子。

冰箱下挂了个水桶，印度人拿开口的炼奶罐掏了一罐水，把冰上的木屑冲个半干净，放在一旁待用。

车上主要的道具是一只大型木屐船的刨冰器，中间有条细长的缝，小贩把一片很利的刀挟上块铁皮，再用把弯曲的小锤，将刀和铁皮塞入缝中，叮叮当当地敲一阵。大木屐中露出发亮的刀锋时，他露出满意的微笑。

接着他抱了那块冰，摆在刨冰器上，再用一块钉满生锈的小铁钉的木板，牢牢地钳在冰顶，便大力地将冰块推前拉后、拉后推前。随着每一次动作，纤细的白雪碎掉下，印度人用左手盛住。

等到有半个手掌那么多的冰时，印度人用手指凿一个小洞，放入一茶匙甜红豆，又继续刨，落下的冰屑将红豆遮埋。

最后的步骤最考验功夫，年轻的小贩用双手将冰屑又压又按，总做不完美，但是这个印度人把雪团抛在空中，双手接过捏几下，轻易便捏出个又大又结实的冰球。

糖浆有柠檬绿的和樱桃红的两种，我们喜欢后者。印度人一边转动冰球一边往上面浇糖浆，整个冰球染成血红。炼奶罐用铁钉钻了两个小孔，往冰球上滴上黄色的乳浆，大功告成。

这个冰球要一毛钱，并不是我常能买的。跟我出来看热闹的邻居小女孩吞吞口水，我知道她又热又渴。

我的手伸进裤袋摸了老半天，掏出个五分硬币扔给印度人，他又做了一个冰球，只是，这次没有红豆，也没有炼奶。用刀子一切，冰球中心还是白色，没有沾到糖浆。我们一人一半。冰球甜，人甜、心甜。

是真是假，看到了便知道

我们一群小孩围着父母，蹲在地上吃榴梿，父亲把他游历过的地方告诉我们，并提起见过一个榴梿有面盆那么大。我们都给他惹得大笑，说："哪有这种事？"

长大后四处走，在曼谷果然看到一颗大如面盆的榴梿，才知道家父讲的都是真的，我们见识实在太少。在没有亲眼见到以前，还以为父亲在讲笑话。

"偶尔，谎言变成趣事，并没有不对的地方；有时，真实更是滑稽，总之大家开心就是。我说的是真是假，有一天你们看到了便知道。"父亲常说。

我的许多故事，也是这个原则。

单单说香蕉，就有数十种①那么多。香蕉并不止于绿色和黄色，深红浅紫的也有，在南洋一带能见到。

有一次在印度尼西亚的乡下，没有吃早饭，走了一上午，肚子有点饿，往前一看，有一个人蹲在地上，他面前摆着一根香蕉，有三英尺长。

他用刀子把上面那层皮割出一半，露出白肉，用汤匙挖起，送入口中。

我从来没有见过那么大的香蕉，马上买了一根照样来吃。

肉很香甜，不过"咯"的一声，咬到硬物，吐出来一看，是香蕉的种子，足足有胡椒粒一样大小。一面吃一面吐，吐到地上黑掉。

用它来做香蕉糕，三四个人也吃不完。

走过南美洲的香蕉园，看到树上一串黄熟的大蕉，本来没有什么奇怪，但仔细观察，就发现不同，因为所有的香蕉是向上翘的，其他地方

---

① 实际上香蕉的品种远不止数十种，此处保留作者原文。——编者注

的香蕉是往下垂的。[①]

印度的香蕉，只有大拇指一样大，是我吃过的最甜的一种。

剥皮时，不是由上往下撕，而是向外团团转着拉，像拆开雪糕筒的包装纸，其皮极薄，似透明。

朋友听了又说："哪有这种事？"

我笑而不答。反正是真是假，有一天你们看到了便知道。

说完拍拍屁股走了。

梦到奶母，还是会偷偷哭泣

那时候弟弟还未出生，我刚有记忆，家里除了爸爸妈妈、哥哥姐姐，还有一位很重要的成员，那便是奶妈，我们潮州话叫"奶母"。

奶妈姓廖，名蜜，没有人知道，也没有人叫过，家里友人都跟着我们叫她奶母。

奶母从不对我们隐瞒身世。

她为什么会来到我们家？奶母虽是乡下人，个性是非常刚烈的，被双亲安排嫁了一个大少爷，但大少爷从小无所事事，只学会了抽鸦片。

---

① 通常，香蕉幼小时是往下垂的，随着时间的推移，它们会逐渐弯曲向上，所以成熟期的香蕉多是向上翘的。此处保留作者原文。——编者注

奶母虽未受过教育，但好坏分明，知道什么是好，什么是坏，而抽鸦片，是坏的。

她怀了孕，不断地劝丈夫戒掉恶习，但屡劝不听，她向丈夫说："如果再不听，就不能阻止我要做的事。"

你要做什么事，离家出走吗，一个怀孕的女人？她的忠言不被接受，儿子生了下来，奶母想了又想，连夜收拾两三件衣服，便逃到了城里。

碰巧我妈妈生了姐姐，奶水不足，便请了她做姐姐的奶母。这一来，她跟了我们家几十年。

家母接着生哥哥，但他没有吃过奶母的奶，我当然也没吃过，但我们都叫她奶母。

后来，我们一家过番①，到了南洋，问她要不要跟我们一起走，她无亲无故，也就跟了过来。

从此家中一切大小事都交给了她。奶母什么琐碎工作都做，当然包括煮食。她在大家庭生活过，烧得一手好菜。妈妈也好此道。两位我生命中最重要的女性，在厨房中忙得团团转，超出了雇主和仆人的关系。

最记得奶母的一道菜，是炸肉饼。奶母把猪颈肉切得薄薄的一片片，再把英国苏打饼（蓝花铁盒的 Jacob's 饼干）在石臼中捣碎。肉片蘸蛋浆，再裹上饼碎后炸。

小孩子哪会不喜欢吃油炸的东西，哥哥一吃十几片。

奶母什么都会做，就从来不做粥。"稀饭是吃不饱的"，这是她们乡下的说法。所以她一向只做饭，一大早就做，捏成饭团，交给哥哥拿着去学校，赶时间在途中吃。

---

① 方言。旧时广东、福建一带的人称到南洋谋生叫"过番"。——编者注

每天的家务令她做得腰酸，睡觉前叫我替她在背上涂药。我记得她的姿态是美好的，尤其在她梳头时。

奶母一头长发，扎了一个整齐的髻。和别的女人不同，她每天要洗，用的是一块块的茶饼，那是榨完茶籽油后的剩余物，最原始的洗发精，茶饼掰下一块，浸着水，就能用了。

爱干净的习惯使她的工作加重。她每天都把我们一家大小的衣服洗得洁白，内衣也要熨平，由此双手手指缝中脱皮，甚至很痒，晚上也由我替她搽药水才能入睡。

搬到后港的巨宅后，她的工作更为繁忙。巨宅窗户最多，每天开窗关窗都有几十扇。奶母从不抱怨，默默地动手。家父又喜种花种草，浇水的事也交给了她。

不记得是什么时候开始，家中养了一只长毛大狗，站起来有人那么高，名叫Lucky（幸运）。连狗粮的事也要她做了。最初Lucky很听话，会与我们握手，扔了东西也叼回来，但是，忽然有一天发了狂，把奶母咬伤，进了医院。奶母的身体非常健康，这么多年来，那是第一次到医院去。

在学校，我和几个坏同学学会了抽烟。晚上看书，看通宵，烟灰碟中塞满了烟头。不知往哪里放，就藏在床下，翌日只见洗刷了，又放回床下，奶母没向父母告密。

底裤脏了，也不知往哪里放，当然又是床下。翌日，不见了，又被洗得干净，而且熨平，放回衣柜。

是出国的时候了，我当然怀念父母和家人，也只知没有了奶母，再也吃不到那些美味的炸肉饼。日子怎么过？但是当年，已抱着苦行僧的心态，年轻人吃苦是应该的，不顾一切，往前闯！

那时候的留学生哪有一年回来一趟的奢侈？一出去就是漫长的岁月，和父亲通信的习惯是养成了，家书不断，但没有听到家人提起奶母的消息。

后来才明白家人怕影响我的学业，没有把奶母去世的消息讲给我听。当然无法奔丧。大丈夫嘛，有什么忍受不了的？但是，晚上梦到奶母，偷偷哭泣。

这么多年来，我还是，偷偷哭泣。

树根兄：于他人言中寻亲人音容

我的大伯、二伯和四伯都很长寿，只有三伯很年轻就得病去世。他只有一个儿子，我的堂兄蔡树根。

树根兄从小就过番，在星马①干过许多行业，对机械工程特别熟悉，沿海的捕鱼小屋"居隆"，以前起网都要用手拉，树根兄替渔夫们安装马达，省却人力。

已经多年没见过树根兄了，他的儿子都已长大，各有事业。树根兄今年 60 岁出头，还那么壮实。三更半夜"居隆"的马达有毛病，一个电话，他便出海修理，渔民都很尊敬他。

---

① 星马，指新加坡和马来西亚。——编者注

近年来，树根兄多读书，精通历史。而且有画展必到，在绘画上大下苦功，尤其是炭画，研究得很深刻，亲戚朋友只要略加描述他们的先人，树根兄便能神似地将人像画出来。

那天他来我家坐，手提数尾乌鱼当礼物，说是渔夫朋友孝敬他的。喝了茶后，树根兄和我父亲叙旧，讲的多是他对小时候家乡的回忆。

我从来没有见过我三伯，树根兄对他父亲印象也很模糊。家父记得最清楚的是三伯的手脚非常灵巧。

单说剪头发吧，三伯从不求助别人，他用脚趾夹着一面小镜子，自己动手。理后脑的头发时，右手抓剪刀，左手握另一面镜倒映到脚上的镜子中，剪得整整齐齐，一点也不含糊。

有时家中没菜，他便装着在人家鱼塘里洗澡，三两下子，空手偷抓了一尾大鲤鱼，藏在怀里，不动声色地拿回家，被祖母笑骂一顿。

早年守寡的三婶是一个不苟言笑的人。记得我小时候，树根兄把她接到南洋，住在我们家里。她带了大孙子（树根兄的大儿子）绷着脸坐着。吃晚餐时，大孙子白饭一碗入口，掉到桌面上的饭粒也拾起来珍惜地吞下，我看得心酸，再添一碗给他。三婶看在眼里，才跟我问长问短。

树根兄和他母亲甚少交谈，反与家父亲近，他问道："我父亲到底长得像谁？"

爸爸回答："你年轻时我不觉得，现在看来，和他长得最像的是你。"

他告辞，爸爸送他到门口，临别时我看到他眼角有滴泪珠。

老细婶：百多个银洋，是她一生的储蓄

有很多没有见过的亲人，在家父的描述下，我好像听到他们的呼吸。我爷爷有个小弟弟，吊儿郎当，有天塌下来都不管的个性，年轻时娶了乡中一个美丽的少女，经一两年都没生育。我祖母却生了五男二女，将最小的儿子——我父亲——过房给他们。从小我爸爸还是不改口地呼称他们细叔细婶，两人都非常宠爱他。

老细叔自幼习武，会点穴。一天，在耕田的时候来了两三个地痞欺负他，怎知道被他三拳两脚地打死了一个。

当时唯一走脱的路径便是"过番"。老细叔逃到南洋，在马来西亚的笨珍附近一小乡村落脚。几番岁月和辛酸，总算买到 20 亩橡胶园，做起园主，和当地的女人结婚生子。

一方面，老细婶一直没有丈夫的音信。她织得一手好布，也不跟我祖母住在一起，于邻近买了一小栋房屋独居。她闲时吟诗做对，不过从来没有上学的福气，所修的文字，都是歌册上学来。潮州大戏歌曲多采自唐诗宋词。家中壮丁都放洋，凡遇到难以处理的纠纷，都来找细婶解决，连我奶奶都怕她三分。

太平洋战争结束后，我的二伯终于和老细叔取得联络，问他还有没有意回到故乡。老细叔也不回答，默默地卖掉几亩橡胶园，就乘船走了。

石门锁起了骚动，过番三四十年的南洋客竟然回家了。大伙儿都围上去看他。拜会过亲戚长辈后，老细叔拎了行李走入家门。

老细婶并没有愤怒或悲伤，打水让他洗脸。只是到了晚上，让他一

个人睡在厅中。

翌日，老细婶陪他上坟拜祖先。老细叔又吊儿郎当地在家里住下，偶尔到邻近游山玩水，吃吃妻子做的咸菜，这是世上的美味。

过了一阵子，老细婶向他说："这些年来，我想见你的愿望已经达到。你住了这么久，也应该回南洋了。"

她送丈夫上船。再过了多年，老细婶去世。

老细婶死后，后人在她家的墙角屋梁找出百多个银洋，是她一生的储蓄。老细婶没有说过要留给谁，她也不知道要留给谁。

梦香老先生：四海六洲皆故乡

家父友人中有一位蔡梦香先生。他是潮州人，在上海法政大学读书，后来寄居星洲和槟城。

蔡先生是一位清癯如鹤，天真如婴儿的老人，很随和脱略，老少同欢。他手头好像很阔绰，随身行装却很少，只有一个又旧又小的藤箱。一天，一个打扫房间的工人好奇地偷看他那藤箱中装的是什么东西，原来那三两件的衣服已拿去洗，里面空空荡荡，只有一张折叠着的黄纸，写着"处士讳梦香公之墓"。

大家知道了这秘密不敢说出口，老人却敏感地占先声明："自己的身后事让自己做好，不是减少后人的麻烦吗？"

他更写了一首诗：

随处尽堪埋我骨，天涯终老亦何妨？
死生不出地球外，四海六洲 [①] 皆故乡。

一生中，蔡先生从来不用床。疲倦了躺在醉翁椅上，像一只虾一样屈起来做梦。梦醒又写诗作对，写完即刻抛掉。什么纸都不论，连小学生的蓝色方格算术簿上也写。桌上一本书也没有，但是看他的诗、书法和画，可知他的功力极深。除了做梦，蔡先生还会吐纳气功，清醒的时间只有十分之二三。当他作画时，不知自己是书是画，是梦是醒：醒后入梦，而不知其梦。对于他，什么所谓画，怎么所谓醒，都不重要了。

有一天，一件突发的事破坏了他一贯的生活规律。那是他中了头奖马票。本来冷眼看他的人都来向他借钱。他说："想见面的朋友偏偏不来看我，因为马票已成友情的障碍；而我怕见面的人却天天包围着我，这怎么办？"

还能怎么办？他畅意挥霍，过了一年半载，把钱花光了，然后心安理得，蜷曲醉翁椅昏昏入梦。

文人的生活到底不好过，他流浪寄居于各地会馆，终遭白眼。蔡先生于83岁逝世，我一直无缘见他一面。今天读他的遗作，知道他在临终那几年已丧失了豪迈，他写道：

---

① 六洲指亚洲、欧洲、非洲、北美洲、南美洲、大洋洲。这种说法是根据地理位置和文化特征划分的，并不是严格的自然界限。南极洲因没有常住人口和政治组织而未被列入。

处处崎岖行不得，艰难万里度云山；

不如归去去何处，随遇而安难暂安。

这首诗与他当年"四海六洲皆故乡"的旷达心情相差甚远，不禁为他老人家流泪。

阿叔的那些书呢

小时候，最大的乐趣是等待星期天。一早，爸爸妈妈姐姐哥哥和我，手抱着弟弟，一家六口穿了整齐干净的衣服，乘了的士，从我们住的大世界游乐场，直赴后港五条石阿叔的家。

阿叔姓许，我们没有叫他许叔叔，只因他比我们的亲戚还亲。

车子途经警察局、一个花园兼运动场和一个巴刹①，向左转进一条碎石路，再过几间平房，就是阿叔的花园。我们按铃，恶犬汪汪，阿叔的几个儿子开门迎接。

花园占地一万多英尺，屋子是它的十分之四，典型的南洋浮脚楼，最前端是个没顶的阳台，摆着石桌、凳子。

笑盈盈的阿叔，身材略微矮胖，永不穿外衣，只是一件三个珍珠纽

---

① "巴刹"来自马来语，意思是市场、集市。——编者注

扣的圆领薄汗衫和一条丝制的白色唐装裤，来一条附着钱包的黑色皮腰带，头发比陆军装[①]还要长一点，一张很有福相的圆脸，留了一笔小髭，很慈祥地说："来，先喝杯茶。"

由阳台进主宅的门楣上，挂着一副横匾，写了几个毛笔字，有签名并盖印。

第一次到阿叔家时，我拉了一下爸爸的袖子，问道："写些什么？"

爸爸回答："这是周作人先生写给阿叔的，是他的这个家的名字。"

"家也有名字吗？周作人是谁？"我还是不明白。

"你以后多看书，就知他是谁了。"爸爸很有心性地说，"也许，有一天，你会学他写东西也说不定。"

"但是，"我不罢休，"为什么这个周作人要写字给阿叔？"

"阿叔是一个做生意的商人，但是很喜欢看书，而且专门收集五四运动以后的书……"

"五四运动？"我问。

爸爸不管我，继续说："中国文人多数没有钱。阿叔时常寄钱给他们，为了感谢阿叔，他们就写些字来相送。"

"文人很穷，为什么要学他们写东西？我更糊涂了。"

一年复一年，到花园嬉玩的时候渐少，学姐姐躲在书房里，谈冰心、张天翼和赵树理。

病中，捧着《西游记》《三国演义》和《水浒传》，书籍真的有一种香味。

---

① "陆军装"即平头。——编者注

打心眼里喜欢的还是翻译的《伊索寓言》《希腊神话集》等，继之是狄更斯的《大卫·科波菲尔》、雨果的《悲惨世界》，接着是《卡拉马佐夫兄弟》《战争与和平》，最后连几大册的《约翰·克利斯朵夫》也生吞活剥。

阿叔的书架横木上贴着一行小字，"此书概不出借"，但是对我们姐弟，阿叔从来没摇过头。我们也自觉，尽量在第二星期奉还，要是隔两星期还没看完，便装病不敢到阿叔家里去。

转眼就要出国，准备琐碎东西忙得昏头昏脑，忘记向阿叔话别就乘船上路。

爸爸的家书中，我连流眼泪的时间也没有，心中有个问题："阿叔的那些书呢？"

阿叔所藏的几万册书籍都是原装第一版本，加上北京、清华等大学的学报、刊物和各类杂志。五四运动以后出版的，应有尽有，而且还有许多是作家亲自签名赠送的。30年代，在上海出版的三种漫画月刊，也都收集。有些资料，我相信别处未必那么齐全。

阿叔在南洋代理手揸花三星白兰地、阿华田、白兰氏鸡精等洋货。他的店铺并没有什么装修，一个门面，楼上是仓库。

在一旁，他有一间小小的办公室，里面除了一个算盘，便是一副功夫茶茶具。薄利多销是他的原则。也许是因为染上文人的气质，他的经营方法已是落后，晚年代理权都落到较他更会谋利的商人手里。

病榻中，阿叔看着他那几个见到印刷品就掉头走的儿女，非常不放心地向爸爸提出和我同样的问题："那些书呢？"

爸爸回答："献给大学的图书馆吧！"

阿叔点点头，含笑而逝。

酒舅

母亲好酒，一瓶白兰地，三天喝完，算是客气。70 多岁的人了，还是无酒不欢。亲戚友人嘴里虽劝说别喝过量，但是半滴不入喉的人见她身体强壮，晨运时健步如飞，反而觉得自己是否有毛病。

人上了年纪，生活方式不太有变化。周末，爸爸和妈妈多是到十八溪前的丰大行去找一群老朋友聊天。爸爸有他吟诗作对的同伴，陪着妈妈的是我们的一位远房亲戚，他也好杯中物。慢慢喝，他们两人一天三瓶不是问题。这亲戚比我妈妈年纪小，我们就管他叫"酒舅"。

酒舅身材矮小，门牙之间有条缝，身体结实得像一块石头，再加上头顶光秃到只剩几根头发，更像一块石头。他的笑话，讲个没完没了，讲完先自己笑得从椅子上掉下来。《射雕英雄传》里的老顽童找他来演，不用化装。

出生于富家的酒舅，从小就学习武艺，个性好胜，到处找人打架。他又喜欢美食，更逢饮必醉，经常酒后闹得不可收拾，干脆和恶友不睡觉，吵至天明。

邻居第二天找上门来，他父亲虽然恨透，但还维护着他，劈头问邻居道："你儿子昨晚把我儿子引到什么地方去了？"问罪之人，反而哑口无言。

他父亲是个读书人，生了这么一个不肯用功的儿子，拿他一点办法也没有，差点气出病来。但是酒舅不瞅不睬，照样研究炒什么菜下酒。与其他个性善良纯厚的兄弟比较起来，酒舅是一个标准的恶少，村里的人，没有一个对他有好感。

酒舅唯一的好处是喜欢打抱不平，经常帮助人家解决疑难问题。遇到有什么纷争，他便站出来做和事佬。

他当公亲，多由自己掏腰包出来请客，图个见义勇为的美名。名堂虽佳，却要向两方讨好。

一次，甲乙双方争于某事，几乎弄到纠众械斗。酒舅向双方恶少说："你们有胆，先把我杀死再说！"

恶少们知道酒舅曾经学武，能点穴，和人相打时，只用力踩对方的脚面，那人便倒地不起。

结果，大家都买酒舅的账，一场大斗，便不了了之。

酒舅，从小不靠家产，自己出来闯天下，由一个月薪两块钱的小子，渐渐升成一间橡胶机构的经理。在那小镇上，酒舅算是一个大绅士。

晚年，他父亲不跟其他儿女住，而中意和酒舅在一块儿，因为他谈吐幽默，又烧得一手好菜。

而这个儿子，和其他人想象得不同，到底个性忠直，一直对父亲很亲近。渐渐地，他也得到了父亲的熏陶，学了读历史的好习惯，对文学也越来越有修养。酒舅每天陪着他父亲读书写字，练出一手柔美的书法，这一点，村里的人做梦都没有想到。

去年，酒舅去中国旅行，参加了一个旅游团，团中有广东省的杂志记者和澳大利亚的撰稿人及摄影师。

起初，大家认为酒舅是个南洋生番①，样子又老土，都不大看得起他。

---

① 生番，旧时侮称文明发展程度较低的人。——编者注

一坐下来吃饭时，酒舅看到什么地方的人就用什么方言相谈。

"你会说几种话？"广东记者听了好奇地问。

"会说一点广东话、客家话、福建话，还有潮州话……"

酒舅轻描淡写地用标准的普通话回答说："不过，这些只是方言。"

澳大利亚人前来搭讪，酒舅的英语更像机关枪。当然，他还没有机会表演他的马来语和印度话。

每到一处古迹，酒舅更如数家珍。

他父亲的教导，并没有白费，他比当地的导游更胜一筹，令众人惊讶不已，事事物物都要向酒舅探询。

过后，广东画报有两三页的图文报道，称酒舅为罕见的南洋史学家及语言学家。酒舅读后，笑得从椅子上掉下来。

厂长：赚钱的音乐，唱的是苦尽甘来的歌

一位世叔，为人十分忠厚。但我不明白，他身为一名小职员，为什么朋友们都叫他"厂长"。

厂长来自中国，22 岁与同乡的一个女孩结了婚。他的妻子只是一个普通家庭主妇，我不明白为什么朋友都叫她"事头婆"。

厂长和事头婆共设"一厂"，自结婚的翌年起，连续"制造"了18 个儿女。我才明白为什么大家叫他们"厂长"和"事头婆"。

厂长的职业是印务馆的收件员，收入有限，何况他做人老实，从

不收取外快，孩子一个生完又生一个，真令他叫苦连天。每年最焦急的是开学的时候，厂长硬着头皮东挪西借，朋友们亦知道借给他是有去无回，还是给他支援。

印务公司是文化人组织的，人们都有点善心，了解厂长的家境之后，分点家庭工业给他做，那便是承印名片和贺年卡。

厂长的小型工厂效率极高，交货奇准，因为他们一家有 40 只手，日夜赶工，从不拖期。

苦的是事头婆，每天必须把所有家具搬进房，客厅才能变为小工厂，到休息时又要搬回来。其实，她搬不搬也是一样，他们那小小的巢，到了晚上，无处不躺着人。

厂长生活虽苦，但也不失幽默。人家看他整天替别人印名片，自己却一张也没有，问他："你为什么不自己也来一张？"

"我没有什么头衔，印来丢脸。"他说。

"随便安一个不就行吗？"

厂长想了一想，说："好吧，就在抬头印上'十八子女之父'好了！"

像残片中的过场戏，日历一张张地翻飞，转眼之间，儿女都长大了。18 个孩子，都聪明伶俐，每个都青出于蓝。

孩子们对于功课，阿大教阿二，阿四向阿三学。家里地方小，楼梯口有公家电灯，这就是他们的教室。家庭教师者，休想染指。

课余，他们组织了口琴、合唱、乒乓球、篮球等各一队。活赶完后，工厂有时也变成国术馆，大家练起功夫来。成群结队地走出去时，邻近的顽童都要向他们低头。

最辛勤的还是事头婆，她负责清洗一家人的衣服，为小工友们煮三餐。应该一提的是，她对厂长的衬衫裤子洗得特别干净，烫得特别服帖。厂长穿起来，大模大样，别人看他，十足像大工厂的厂长。

不过厂长口袋里只有单据没有钞票，他用一分一毫都要仔细算过。厂长在商场上，人头熟，人家亦喜欢看他的笑容。足足有几十家和他谈得来。于是厂长在午饭时刻，必定轮流走动，在各店头免费吃上一餐。当时的店都自己开伙食，多一个人吃也不在乎。饭余厂长讲的笑话大家记得，厂长一个铜板也没付的事没人想起来。

又是一张张日历翻飞。

厂长的儿女们都读完中学，有的半工读大学，有的各自找职业，都有基础。和 20 多年前的厂长一样，纷纷创造两人世界。他们都知道父母的辛酸，每月均将部分收入奉送。18 个，加起来不是小数目。

如今厂长自己真的有间印刷厂，请了不少工人。到了赶活时，人手不足，一个电话，所有儿媳都集合，劳动力增加数倍。空余，大家率性自己组织一个旅行团，游历世界。

回来，厂长又依然到各处去收订单，每天和商家联络。身边老带个传呼机，人家说老是哔哔声不吵死吗？厂长笑着说："不，这是赚钱的音乐，唱的是苦尽甘来的歌。"

海南师傅

小时候理发，不是跑到印度师傅那里去修，就是去找海南师傅剪。中国理发铺子的招牌真怪，左边开了一家叫"知者来"。生意一好，右边马上跟着另一家，叫"就头看"。

一推门，哎的一声，生了锈的弹簧好像在骂你。客人真多，坐在有臭虫的硬板凳上等，哪里有什么八卦周刊，报纸都没有一张。

等，等，等，已经老半天了，风扇把剪碎了的头发吹进鼻子，大声喷嚏，四五个理发匠一齐转过头来睁大眼睛瞪着我，我只好把头缩到脖子里去。

摇着脚，东张西望。见一支支的赤裸灯泡，原来是挖耳朵用的，理发匠用那几根毛已发黄的东西替客人掘宝藏。哇！岂不会把耳朵挖出脓来？

轮到我了，那家伙把一块木板放在椅子的两个把手上，我乖乖地爬了上去。先用一块像挂图一样的白布包着，往脖颈上一箍，差点儿把我弄到窒息。

再来是用大粉扑，噼噼啪啪地乱涂一顿，白粉纷飞，那个难闻的味道，到现在都忘不了。

跟着，他拿了一支发剪，吱吱喳喳地在我的后脑剪一圈，声音就像用金属物在玻璃上刮那么难听。剪得那么快，夹住你的发根也不管，往上一拔，痛得眼泪掉下来。

不知不觉中，小毛发自动地钻到你的身上，刺得浑身又痛又痒，刚要摆脱它们，那理发匠又大力地把你的头一按，比电影中的大胖子、露胸毛的刽子手还要凶。

好歹等他剪完，照镜子一看。哇，和哥伦比亚的三傻短片中那个"模亚"一样，一个西瓜头。

走出店铺，看到街边坐了一个人，理发匠当街就为他剪起了头发。

想想，唉，自己算是付得起钱进铺子的人，心里好过一点。

警察来抓人，无牌理发匠飞快地逃开，客人的头只理了一半，哇哇大叫。理发匠边跑边说："明天再来，不收你的钱！"

糨糊与补衣

小时候的校服，洗濯后一定加糨糊，把它浆得像一张纸那样服服帖帖。有时还添点靛蓝，让变黄的布料显得洁白。

穿袖子的时候，唪唪唰唰地用力把手伸进去，剩余部分仍然是一张硬翼。

经过一天的奔跑喊叫，汗水把衣服里的糨糊浸湿，发出霉味。

为什么衣服要上浆呢？我问。我一直不明白。我讨厌那又僵又硬的感觉，但是大人不管三七二十一，还是浆你的衣服。

上浆把衣服弄得又挺又直呀！那才好看。每一个小孩的衣服都上浆，为什么你不肯？大人反问。我不要好看，我不要好看，我要舒服。

我不知说了多少遍。

衣服破了，大人细心地补，上浆后，靛蓝更显眼地东一块西一块，让人感到羞耻。我不要补，我要新衣！这一点，大人明白了，但还是无可奈何地补。我是多后悔当初的无知！

现在，纺织业进步，衣料耐用很多，价钱便宜，要是"跳楼货"更是没有人买不起。有些人不但只穿新衣，还要糟蹋。我有个亲戚是做家庭制衣工业的，召集了许多人力，辛辛苦苦地缝出一打打衬衫，价钱低贱，专门出口到一些缺水的国家，让他们即穿即扔，连洗都不洗。真是罪过。

街上再也看不到穿补丁衣服的人。不管多穷，大家都有能力买新衣。缝补的技术，已渐渐地被遗忘。

人类对服装的流行，幻想力有限，通常几十年便复古一次。受欢迎的丝绸，一阵无人问津，麻质衣料大行其道。在欧洲，几乎人人都有一件。麻质衣料易皱，而且要上浆才挺，衣服又开始用浆加靛了。

有一天，补过的衣服也一定会变成最时尚的装束，但是已经很少人会补了。在分秒必争、机器代替手工的社会，手工将是最昂贵的。时装公司会训练一批人来补衣，不同的是，已非慈母针线。我又要叫喊，我不穿。

一瞬：忆儿时，还是梦儿时

生活忙碌，忆儿时的事，愈来愈少，几乎成为奢侈。现在又有一瞬闪过。

日本鬼子投降了。爸妈的朋友，将借款双手奉还的是一大箱作废的军用票。记得很清楚，上面有棵香蕉树，挂着一串成熟的果实。

爸妈扔了给我们。先是抓了一把撒上天，飞布周围，簇新的钞票，大大小小；先将第一张摆横，第二张放直后叠起，重复了又重复，变成一条风琴式的长龙；拿来当绳子跳，一下子就断掉；不好玩，干脆拿火柴来烧。

　　火柴只有手指一节那么长，根是用白纸卷的，上面涂了一层蜡。火柴头虽细小，但擦在石头上也会着。真神奇，拿到白墙上去乱刮，也能点火，只是墙上会留下一道道的剩余火药，爸爸妈妈回家一定骂我。这根火柴到底能烧多久？看桌上的闹钟，上面有两个大铜铃，没有秒针。烧到指头发肿。再点一根，即刻吹熄。把它的根打开成一张纸。

　　这 100 根小火柴装在一个防水的小铁盒中。倒掉火柴，到芭蕉叶丛中抓会打架的小蜘蛛养在里面，一天吐几次口水给它喝，另外赶着把藤椅往地上乱摔，掉出几只臭虫来，拿去给蜘蛛当早餐。

　　火柴是在一个空军的军备配给盒中找到的。配给盒里还有一块巧克力，没加乳的，苦得要死；还有一小罐炼奶、碎牛肉、绿豆、果酱；又有六支香烟，奉送给了父母；一片片的薄面包，浸在水中，泡得像皮球那么大，原来是咬一口吞一口水，马上胀饱肚子的求生玩意儿。

妈妈又买了一个降落伞回来。它的绳子是尼龙线编成的，又白又亮，怎么拉也拉不断，是穿裤头带的好东西。将它一条条地连接绑成一条绳用来拔河，不然就当跳绳，圈里能挤三个小孩同步调地跳上跳下。降落伞的伞部可以一块块沿着缝接口剪开，硕大无比，拿来做衣服不是材料，不如钉起来当蚊帐用，但又不透风，差点没把自己闷死在里面。

挣扎，醒来，被被单罩住脸，是忆儿时，还是梦儿时？

难免遇到被人误会的可怜时刻

小时候，放学没事，打了一个电话给父亲："方便上来办公室玩玩吗？"

家父一向随和，不反对。

公司开在罗敏申路上，一座三层楼的建筑，英国式的，很庄严。楼下是放送部，放置了又圆又扁的铁盒，装着菲林①，一望无际，有美国好莱坞制作的影片、印度的影片和中国香港的粤语影片，从这个中心分配到星马各家戏院上映。

二楼是发行部，分中西两个部分，坐满职员。父亲主管中文部，有个半透明玻璃隔着的房间，外面是负责宣传的、翻译中英文稿件和字幕

---

① 菲林，摄影用的感光片。——编者注

的、排期上映的和跑电检处的同事。

三楼整层则是邵逸夫先生的哥哥邵仁枚先生的办公室，外面坐着几位秘书。

有条小木楼梯直上。墙壁上挂着一张大照片，拍摄了两个人，褐黄褪色，是在影楼拍摄的。照片中的椅子上坐着邵仁枚，而他的弟弟，当年已是20多岁的人，还坐在哥哥的膝上，邵仁枚先生用手搭着他的肩。两人西装笔挺，打着又厚又大的领带。现在看起来也许有点怪，那么大的人还摆这种姿势拍照，又不是小孩子。但当年这是一种亲密得不能再亲密的态度，来表现手足情深。

"在里面见客，请你等一等。"一位慈祥的太太坐着向我说，记得父亲说她的英文底子最深，当教授也绝无问题。

我乖乖地坐下。

从玻璃壁中传来一片骂声，一个女人在哭诉："你这个没有良心的人呀！怎么可以那么对待我？当年我才17岁，把清白的身子给了你，替你生下4个肥肥胖胖的儿子。现在你又去搞狐狸精，不管我们一家了，你说呀！我应该怎么办？怎么办……"

房间里的另一个人，默然地听着。

"你虽然给我家用，但钱是不能解决一切的。我们要的是你的爱护，你的支持呀！你现在有了新的，一个月还没有来我们家里一次，我虽然是四十几岁的女人，但我还是需要爱情滋润的呀，你这个没有良心的人。你说呀，你说呀，我要怎么办才好……"

还是没有回答，后来听到几声细细的安慰，答应这，答应那。

房门打开，父亲把一个中年妇人送了出来，她一边擦泪，一边回首叮咛家父，像要他答应些什么，父亲拼命点头。

所有职员都似笑非笑地看着父亲，见他眼光扫来，即刻低下了头，继续工作。

我认出了那个女人，是父亲好友发叔的外室。发叔人最好，时常来家里打打小牌，一定带些糖果给我们兄弟吃。在父母亲的对话中，我们虽小，也知道发叔做人没有什么其他缺点，但天生好色，有好几个老婆还不够，每次到了马来西亚，看到有清纯的小姑娘，还把她们带回新加坡来。

这个女人，也知道父亲是发叔最好的朋友，没地方投诉，只有找他来发泄。每当想起，父亲也真是可怜，无辜地被同事们看成是色狼一个。

想不到，多年之后，同样的事也发生在我身上。我当了电影监制，带队去日本乡下拍戏，入住了当地的一个小旅馆。到了晚上，女主角来拍我的门。

"我非找你不可。"她说，"可以进来坐坐吗？"

一看钟，已经三更半夜了："明天谈行不行？"

"不，一定要马上解决。我想赶回中国香港去。"

刚刚到，戏还没拍，就要走了？大事不妙，我只有让她进来坐下。

"呜哇！"她忽然大哭起来。

"有什么事，慢慢说。"我倒了一杯水给她。

"我的达令①，跟人跑了！"她宣布。

"等拍完戏，再解决好了。"

"不行，太迟了。我不马上回去处理，一切就不能挽回。"

---

① 达令，是英语单词 darling 的音译，意为亲爱的、心爱的人。——编者注

"有那么严重吗？先打个电话回去。"

"呜哇，"她又大哭大叫，"你这个没有良心的人，你以为这种事在电话中讲得通吗？"

"这个跑了，再找一个新的嘛。"我一点同情心也没有。

门打开，外边挤满了工作人员，都在偷听，看到我，似笑非笑，我想起家父那尴尬模样，自己也笑了出来。

小孩子们长大，仍难忘记一休和尚

如果你问我最喜欢看的电视节目是什么，我一定回答说是《机灵小和尚》①。

一休和尚这个人物实在令人着迷，他那一双大眼睛，盘足坐下，两手双指在光头上打个圆圈，当的一声，便能想出为人解围的计策，实在可爱。

这片集是慢慢进入你的脑海的，并非一下子吸引你。多看几回后，其他人物，如那老顽童将军足利义满、他的助手新右卫门、桔梗屋的老板是大反派，等等，所有人物都有他们独特的个性。

---

① 日本动画片《聪明的一休》，又名《一休和尚》《机灵小和尚》《聪明仔一休》《机灵小子》等。——编者注

打打杀杀的机械战斗士固然画得精彩，但是我相信小孩子们长大后，不会再记得那么多铁甲英雄的名字，但对一休和尚，却不会忘怀。

在美国及其他东南亚地区，《机灵小和尚》这片集也很流行，配上当地的对白。可见好的东西，不分国籍，都会受欢迎。

一休确有其人，住京都，可惜他年老后不再机灵，变得尖酸刻薄。

福建薄饼吃上瘾，便是半个福建人

昔。

邻居是一家福建人，有待我长大后将女儿嫁我之意，所以有任何好吃的，我必先享。

代表福建的食物，应该是薄饼。

包薄饼是一件盛事，只有在过年过节时才隆重举行。一煮一大锅的菜，一连吃好几天，越烧越入味。虽然单调，但百吃不厌。如果你吃上瘾，便是半个福建人。

它的材料通常都不必太花钱，每一家人都吃得起，不过总是要用一整天工夫去准备，这也是种乐趣。

薄饼皮在街市上买得到，可惜嫌太厚，吃皮就吃个半饱，而且洞多，菜汁容易渗出；又易僵硬，用湿布包得不紧，第二天、第三天就变成碎片。

薄饼皮最好是自己做。买个三分厚的平底铁锅，以温火均匀烧热、

（编者注：图中的繁体字菜牌从左至右依次为"五香粽""包薄饼""炒米粉""福建面""土笋冻"）

擦净，并以油布在周围薄薄地涂一圆圈。将面揉好，顺手抓一面团，迅速地在铁锅上一粘，像魔术师变戏法一样变成一张张的薄饼皮。

主要原料是大量的包菜、大头菜、荷兰豆、豆干、红萝卜等，切丝，加冬菰[①]，用温火炒之又炒，以尽量不要多汁为原则，炒一大锅，放在一旁。

另外准备烫熟了的豆芽、芫荽、扁鱼碎（大地鱼碎）等；还有福建人叫作"虎苔"的，是一种煎脆了的海草。

那么，我们便能包薄饼了。先将饼皮铺在碟子上，涂了甜面酱或甜酱油，加一点蒜泥，接着用两个汤匙从大锅菜中把菜取出，挤干，不让它有水分，不然皮便会破；将菜铺在饼皮上，然后加上述的虎苔等，要"豪华"可加螃蟹肉或虾片，顺手左右对折，再将下边的皮往上一卷，大功告成。

通常一人可以吃上几卷，饭量大的人吃上十几卷也不稀奇。大小随意，所以要自己包才好吃。好辣的人可放辣酱。你如果客气不自己动手，主人就会一卷一卷肥肥大大地为你包好摆在你面前，你不吃不好意思。

后来，我并没有当福建女婿，白吃白喝了他家几年，深感歉意。

谢谢他们让我学会讲福建方言，更深地了解了福建人吃的文化。

---

① 冬菰，香菇的别名，又名花蕈、香信、椎茸、厚菇、花菇。——编者注

在亭中垂钓，捕获自己的午餐

数十年前，我们三兄弟一块儿飞印度尼西亚游玩。抵达后直赴一个小公园，园中有个大湖，岸边搭着十数个以椰树叶为屋顶的凉亭。印度尼西亚地广，这小公园便是一家卖鱼的餐厅。客人在亭中垂钓，捕获自己的午餐。但当地人怕被晒黑，都躲进有冷气的大餐室去。我们当然不肯放过大自然，赤足走入铺了草席的凉亭，围绕着小矮桌，坐在地上。

留着长发、皮肤浅黝、牙齿皓白的少女前来侍候，她不管我们要什么，先呈上啤酒。口渴死了，我们三人互敬，连干了十几大瓶。女服务生看着三个不同型的我们，一面倒酒一面嗤笑，用当地话说不相信三人是兄弟。

略有醉意，她引我们到一小池塘，只见池内有百多条鲤鱼，少数是常见的全黑，多为金、红、白色或三色混合。天！这种在东京百货公司卖几十万日元一条的金鲤，在这里竟被当作普通的食物。虽然没有焚琴煮鹤那么严重，但这么美的东西，总觉吃了可惜。可是这里除了鱼便没有其他菜色，唯有各选一条。兄弟再去亭中饮酒，我跑到厨房去见识见识。只见中间有个大鼎，滚着油，大师傅把我们的三条鱼抓起，洗也不洗，肚也不劏①，就那么活生生地扔进油锅，眨眼间盖上锅盖。鲤鱼在锅中大跳，师傅死命按。再动一会儿，鱼就沉默了下来。

炸后捞起，风冷之，又回锅复炸。这么高的温度，什么细菌都炸

---

① 劏，方言，有宰杀、剖、去除内脏、分割等意。——编者注

死，怪不得不用净洁。这种烹调法又原始又复杂，我是指回锅那下散手①。侍女把香喷喷的三条金鲤送到亭中桌上。另外给我们每人一个石臼，还有一大盘指天椒、芫荽、大蒜、小红葱、虾米、虾膏和各种香料。我们各自用小舂头将配料捣碎。

最后把青柠汁挤在鱼上，撕其肉蘸酱吃下，又酸又辣，胃被惊醒。不一会儿整条两斤重的大鱼便吃个干干净净，连骨头都吞下。满身大汗，动弹不得。这时凉风吹来，躺在席上，闻到草的幽香，呼呼入睡，做个吃翡翠龙虾当晚餐的梦。

古龙、三毛和倪匡

三十多年前，我在中国台湾监制过一部叫《萧十一郎》的电影，改编自古龙的原著。徐增宏导演，韦弘、邢慧主演。买版权时遇见古龙，比认识倪匡兄还早。

数年后我返港定居，任职邵氏公司制片经理，许多剧本都由倪匡兄编写，当然见面也多了。

有一次，我们三人都在台北，到古龙家去聊天，另外在座的是小说家三毛。

---

① 散手，在这里是粤语方言，意思是本领、技能。——编者注

那是古龙最光辉的日子，自己监制电影，电视片集又不停地制作。古龙住在一豪宅中，保镖数名傍身，俨然一江湖大佬。

古龙长得又胖又矮，头特别大，有倪匡兄的一个半那么大；留了小胡子，头发已有点秃了。

"我喜欢洋妞，最近那部戏里请了一个，漂亮得不得了。"古龙说。

"你的小说里从来没有外国女子的角色，"三毛问，"电影里怎么出现？"

"反正都是我想出来的，多几个也不要紧。"古龙笑道，"有谁敢不给我加？"

大家笑了，古龙一点儿也不介意，一整杯伏特加就那么倒进喉咙。是的，古龙从来不是"喝"酒，他是"倒"酒，不经口腔直入肠胃。

这次国泰开始直飞美国旧金山，要我们来拍特集，有李绮虹、郑裕玲和钟丽缇陪伴。倪匡兄在场，"哈哈哈哈"四声大笑后说："有美女、好友作乐，人生何求？"

话题重新转到三毛和古龙。

"我和三毛到台中去演讲，来了七八千个读者，三毛真受欢迎。当天还有几个研究比较文学的教授，大家介绍自己时都说是某某大学毕业的。轮到我，我只有结结巴巴地说只是小学毕业。三毛对我真好，她向观众说：'我连小学都还没毕业'。"倪匡兄沉入回忆。

"听说古龙是喝酒喝死的，到底是不是真的有这么一回事？"郑裕玲问。

"也可以那么说。我和古龙经常一晚喝几瓶白兰地，喝到要第二天去打点滴。"倪匡兄说，"不过真正原因是这样的，有一次古龙受伤失血过多，被紧急送进医院。医院的血库血液存量不足，只好临时向医院外面路边的人买血。结果买到肝炎携带者的血液。"

我们几人听了都"啊"的一声叫出来。

倪匡兄继续说："肝病也不会死人，但是医生说不能喝烈酒了，再喝的话会昏迷，只要昏迷了三次，就没命。医生说的话很准，我听到他第三次昏迷时，知道这回已经不妙了。"

倪匡接着说："古龙死的时候，才 48 岁，真是可惜。"

鱼斋主人

倪匡兄住铜锣湾大丸后面时，怡东酒店还是大海，他可以从家里的阳台吊根绳子下去买艇仔粥。记得最清楚的是他客厅挂着"鱼斋"的横匾。

横匾是由谈锡永前辈题的，大概他也很喜欢倪匡兄，写得特别开心。

移民到夏威夷后，我常在友人处看到谈先生的墨宝。成龙的办公室也有他写的对联，但从来没有一幅好过他送给倪匡兄的那两个字。

是的，倪匡兄不但喜欢养鱼，也极爱吃鱼。

江浙人的他，来了香港数十年，对广东菜还是不太敢领教，尤其是广东人的煲老火汤，什么猪䏲大地，什么章鱼莲藕，他呱呱大叫地说颜色又黑又紫，那么暧昧，怎么喝得下去。不过对广东人的蒸鱼，这位老兄则啧啧称赞，佩服得五体投地。

我们这群老友一直希望倪匡兄来香港走走，但他说什么都不肯踏出旧金山一步。除了买报纸和买菜，他从不出门，连金门桥也没到过。

我们这群朋友把游说他回来的责任交给了我。那次去旧金山时，我想到用吃鱼来引诱他。

"记得我们常去的那家北园吗？现在想起他们的蒸鱼，口水还是流个不停。"我开场。

"当然记得。"倪匡兄说，"我们一去，钟锦还从厨房出来打招呼，现在好的师傅都变成大老板了。"

"北园真不错，在河内道的那家小榄公蒸的鱼也够水平。"我说。

"可惜这些地方都不开了，香港再也吃不到好鱼。"倪匡兄叹息。

"错。"我说，"我最近常去流浮山，吃的都不是养鱼，还有从前的味道。"

"流浮山那么远，一去要三小时。那时候有个也是作家的朋友带我们去吃，回来的时候一路黑暗，坐了老半天车，一看灯火光明，喜出望外，还只是到了荃湾。结果那个朋友好心请客，还被我们骂了老半天。"

"现在从跑马地去，不塞车的话，35 分钟抵达。"我说，"高速公路直通西隧，快得很。"

"有些什么鱼？"

"冧蚌。"我回答，"年轻人听都没听过。"

"啊！"倪匡兄回忆，"已经几十年没吃过！冧蚌就是台湾人所叫的黑毛嘛。"

"完全不同，差个天和地。"我说，"还有流浮山三宝之一的方脷，另外还有三刀，已经是快绝种的鱼了。"

"都是我们从前常吃的嘛，当年我们叫青衣鱼还觉得勉强，认为苏眉简直是杂鱼。"倪匡兄不屑地说。

"还有鳢鱼呢，吃到一尾钓上来的真正黄脚鳢，味道又香又浓，连
冧蚌也比不下去。"我说。

"黄脚鳢一向是好鱼，好鱼蒸起来有一股兰花的幽香，尤其是香港
的老鼠斑。现在都是菲律宾来的，一点味道也没有。我也最爱吃黄脚鳢
和红斑。"

"红斑肉硬，我们今晚去也叫了一尾，只吃它的尾巴和颈项那两块

肉，才够软。"我再出招，"绝对和你在旧金山吃的鲈鱼不一样。"

倪匡兄说："怎能比较呢？鲈鱼连海鲜都称不上，是河里抓的，骨头又多，蒸出来只能一个人吃，两个朋友一面谈一面吃的话，一定给鱼骨鲠死。"

"你回来一趟，我们去流浮山吃蒸鱼。鱼，还是香港人蒸得好。"

倪匡兄同意："一尾鱼蒸 12 分钟的话，也要大师傅一直看着；如果只顾聊天，一过十几二十秒，就老得不能下喉。"

"流浮山那家人蒸鱼蒸了几十年，一定不会让客人失望的。"我用说服力极强的语气强调。

倪匡兄有点心动，沉默了一会儿。

"在香港大家都认识你，不敢把鱼蒸坏。"我再逼进一步。

"也说不定。"倪匡兄摇头，"我来旧金山之前去了一家海鲜餐厅，看到一尾难得的七日鲜，马上叫店员蒸来吃。结果上桌一看，不但蒸得过熟，还换了一条死鱼给我，我一眼就看出来了。"

"你没有叫他们换吗？"

"我当然把店长叫来，他捧了那条鱼到厨房去叽咕了一阵子，再跑出来向我拼命道歉。"

"再过几年，不管哪里人，都吃不到好鱼了。你还是快点来吃。"

"所以说有得吃就要拼命吃。你看过我那副食相，吃得撑爆肚子为止，吃进肚子里，什么都拿不走。"

聪明的倪匡兄早已知道我的目的，用这故事来拒绝我们的好意。

年轻就该尽兴

第二章

醉龙液，捉摸不透，逢饮必醉

好酒之人，我问你，你一生试过最烈的酒是什么？

茅台？伏特加？高粱大曲？特奇拉或乌苏？这些酒的确是很烈，你也曾经败在它们手下是不是？但是，一熟悉它们的酒性，还是可以控制的。

南洋一带有一种酒，却是让你抓不到它，那是逢饮必醉的椰酒。

什么是椰酒呢？

在热带的椰子林中，你可以看到一个马来人或印度人，腰间绑了十几个小陶瓶，像猴子一样地爬上二三十米高的椰树。树顶叶子下，有数根长得如象牙一般大小的绿枝，枝中开出奶白色的花朵，花谢后就变成一粒粒的小椰子。趁椰花开的时候，酿酒人用刀将花削去，在根尖处绑上小陶瓶，再把酒饼磨成粉撒在枝上，整棵树的营养都集中在这枝上，吐出液汁来供给果实生长。液汁滴注入瓶，酿酒者三两天后便来采取，这时已酿成椰酒。

椰酒是半透明的乳白色，上面还浮着泡沫，一口下喉，差点就要吐出来。因为它是一种滋味奇特的饮品，有如发了霉的池塘水加上香槟。

喝喝就上了口。越来越觉得味道不错、清凉无比，啤酒可以站到旁边去。它是原始的，自然的。

为什么逢饮必醉呢？要记得酒饼并没有停止发酵，喝进肚子，它还不断地在你的胃里制造酒精，直透胃壁，入血液、通大脑，不到一会儿即见效。酿酒者哪天心情不好多撒一点酒饼粉，那就让饮酒的人醉得更快了。

喝这种酒的人通常是印度工人，他们在烈日下修路，当时的英国政府以此来麻醉他们，免费让他们喝。收工后在一个没有椅子的酒吧中，印度工人排着队，一个个醉倒被人抬出去。

我念初中时第一次尝此酒，是要求一个印度朋友带我去的。

轮到我的时候，不管三七二十一，把大铁罐的几公斤椰酒狂饮，即觉肚子中一阵阵地翻涌，四肢游移不定，晃荡倒地。

这种酒，龙也控制不了，故称之为"醉龙液"。

一个不会接受"不"字的女子

我在青春期时，认识了一个叫歌里雅的卖化妆品的女郎。

她穿着粉红色的旗袍在商场中服务，那种旗袍像是这一行的制服。对南洋的孩子来说，旗袍的开衩，让人充满了幻想。

自从见过她之后，我一放学即刻换下校服，穿上长裤往她工作的地方跑，连电影也不看了。

徘徊了多次。如今也不记得是谁先开了口，约去喝咖啡。

"原来你还在上学。"歌里雅说，"我还以为你已经出来做事了。"

15岁的我，已身高6英尺，怪不得她有错觉。

"我18岁了。"她说，"你多少岁？"

"也……也一样。"

18岁，在我眼中已是一个很老很成熟的女人，但我一向对黄毛丫头一点兴趣也没有。刚好，我认为。

"我从马来西亚来的。"她说。

"家里的人都住这里？"

"不，只有我一个，租房子住。"

"我有一个同学也是从马来西亚来的，他家里有钱，买了一栋房子给他住，父母亲不在这边。我们常在他那里开 party，你来不来？"

"好呀。"她笑了，有两个酒窝，我只觉一阵眩晕。她的眼神，就是书上说的媚眼吧？

约好的那天来到，心情莫名紧张。事前，其他同学去买食物，开罐头火腿做三明治，我负责调饮品，做 Punch [①]。拿了一个大盆，倒入冰块，切苹果和橙片，再加入果汁和汽水，最后添一杯 Beefeater [②] 金酒，用大汤勺搅一搅，试一口，好像没什么酒味。Punch 嘛，本来就不应该有酒味的，但还是决定把整瓶倒进去。

歌里雅乘了的士来到，还是穿着一身旗袍；这次换了件黑色的，显得皮肤更洁白。同学们都投以羡慕的目光。

跳过几首快节奏的恰恰舞之后，音乐转为柔和的 Don't Blame Me（不要责备我），这是大家期待的拥抱时间。我一揽她的腰，是那么细。

靠在怀里，她在我身边说："我是一个不会接受'不'字的女子。"

心中牢牢记住了这句话。

舞跳至深夜，她走了，什么事都没有发生。

---

① Punch，一种鸡尾酒。——编者注

② Beefeater，中文名为"必富达"。Beefeater 本是伦敦塔守卫的昵称，这一品牌正是受此启发而得名，并以伦敦塔守卫的形象作为品牌标志。——编者注

一天，吃过晚饭，在家里温习功课时接到她的电话，声音悲怨："你来陪我一下好吗？"

"好。"这种情形我不会说"不"。

匆忙在笔记簿上写下了她的地址，穿好衣服却忘记了拿，已赶出去。

到了她家附近，怎么找也找不到她住在哪里，也没有她的电话号码，急得直骂自己愚蠢。这时，三楼的阳台上伸出她的头来，我才把额上的汗擦干。

打开门，看到她还有泪痕，身上是一件蓝色旗袍。

"我妈叫我回去嫁人，我不回去！"她又流泪了，问我，"你爱不爱我？"

一说"爱"的话，她会对我失去了兴趣吧？我摇头："不。我们见面不多，怎么能够说得上爱。"

"哼！"她整个人弹了起来，"你肯定你不爱我？"

"不。"我斩钉截铁。

"好。"她大叫，"我死给你看。"

我知道她在开玩笑，穿了衣服走人。

回到家已是深夜一点，大家已经睡了，并把花园的铁闸锁上。树丛中有道裂痕，是我的秘密通道。我翻过篱笆爬进去，细步走入睡房，拉起被子蒙头大睡。

两点半钟，电话大响。我们都起了身，从来没有人那么晚了还打电话来。父亲听了，脸色一变，把电话摔在沙发上。姐姐接过电话来听："什么？吃了多少颗安眠药？喂，喂，你在哪里？喂，喂，喂……"

父亲是文人，对这种事也感尴尬，不知道怎么骂我，只有指着我的鼻子："你……你……你。"

好在母亲是一个处变不惊的人，还在呼呼大睡。姐姐承继了妈妈的坚强，镇定地说："我来。"

她把我留在桌子上的记事簿地址那一页撕下，开车出去。

说不紧张也是假的，当晚怎么也睡不着。到了黎明，姐姐回来了，说："不要紧。煮了很浓的咖啡灌给她喝了，扶着她逼她走了几圈，再挖她的喉咙，什么都吐了出来。"

雨过天晴，从此一家人再没有提起这件事，直到我长大、出国、在社会上做事。

"那个孩子，小时候女朋友真多。"父亲对他的老朋友说，还带点自豪。时间，的确能改变一切。

顽皮年代，在很多地方做"流"学生

我们家里挂着一幅很大的画，是刘海粟先生的《六牛图》。

"像我们一家。"爸爸常对我说，"你妈和我是那两只老的，生了你们四只小的；转过屁股不看人的那只是你，因为你从来不听管教。"

"你更像一匹野马，驯服不了的那一匹，宁愿死。"妈妈也常那么骂我。

"他的反抗，是不出声的。"哥哥加了一句。

"没有一所学校关得住他。"姐姐是校长，口中常挂着"学校"两个字。

我自认为并不是什么叛逆青年，但是不喜欢上学倒是真的。并非我觉得学校有什么问题，而是觉得制度不好，老师不好。喜欢的学科，还是喜欢的。

关于学校的记忆，愉快的没有几件。最讨厌放假和放完假又做不完的假期作业。

大楷小楷，为什么一定要逼我们写呢？每次都是到最后几天才画符。大楷还容易，"大"和"小"最好写，笔画少嘛。但那上百页的小楷，就算给你写满一二三，也写得半死。每次都担心交不出作业而做噩梦，值得吗？我常问自己。如果有一天我产生了兴趣，一定写得好，为什么学校非强迫我做不可？这种事，后来也证实我的想法没错。

数学也是令我讨厌学校的一个很大的原因。乘法表有用，我一下子就学会了，但是几何、代数，什么 sin 和 cos，学来干吗？我又不想当数学家，一点用处也没有。看到计算尺，我就知道今后一定会有一种机器，一按钮就知道答案。我死也不肯浪费这种时间。

好了，制度有它的一套来管制你：数学不及格，就不能升级。我也有自己的一套来对抗：不升级就不升级，谁怕了你了？

我那么有把握，都是因为我妈妈也是校长。从前学校和学校之间都有人情讲，我妈认识我就读的学校的校长，请一顿饭，升了一年。到第二年，校长说不能再帮忙了，妈妈就让我转到另一所她认识校长的学校去。校长认识校长，是当然的事。

所以我在一个地方读书，都是留学。不，不是留学，而是"流学"，从一所学校流到另一所学校去。屈指一算，我"流"过的学校的确不少。

除了流学，我还喜欢旷课，从小就学会装肚子痛，不肯上学，躲在被窝里看《三国演义》和《水浒传》。当年还没有金庸的小说，否则一定假"患"癌症。

装病的代价是吃药，一"生病"，妈妈就拉我去同济医院后面的"杏生堂"把脉抓药，一大碗一大碗又黑又苦的液体吞进肚里。

长大了，连病也不装了，干脆逃学去看电影，一看数场，把市里放映的电影都看干净为止。父亲又是从事电影工作的，我常冒他的签名开戏票，要看哪一家都行。

校服又是我最讨厌的一种服装。我们已长得那么高大了，还要穿短裤上学；上衣有五个铜扣，洗完了穿上时要一颗颗地扣，麻烦到极点；还有一个三角形的徽章，每次都被它的尖角刺痛。还不早点"流学"？

体育更是逼我"流学"的另一个原因，体育课不及格也升不了级。我最不爱做运动，因为身高关系，篮球是打得好的，但我也拒绝参加学校的篮球队。

那么讨厌学校的人，竟然去读两所学校。

早上我上中文学校，下午上英语学校，那是因为我爱看英语影片，字幕满足不了我，自愿去读英文。但英语学校的美术课老师很差，中文学校的刘抗先生画的粉彩画让我着迷，一有时间就跑到他的画室去学，结果我替一位叫王蕊的同学画的那幅粉彩画被学校拿去挂在大堂的墙壁上。数十年后再去找，已看不到；幸好我替弟弟画的那幅还在，如今挂在他的房间里。

绿屋绮梦

我在日本生活时，住的公寓有个洋名字，叫 GREEN HOUSE，我们翻译成"绿屋"。

已经是 40 年前的事了，但是我仍记得"绿屋"的每一个细节。

它的位置在新宿的下一个车站"大久保"，该区称为"柏木"，但路旁不见松柏。这是一座两层楼的木造的单薄建筑，一共才有四间。我们住二楼，四叠半的厅连煮食处，房间六叠。日本人的住屋都以叠计算，一叠是一张榻榻米大小。"绿屋"的总面积不足 18 平方米。

有个洗手间，在当年算是中等的了，冲凉要到公共浴室去。木造的房子当然不能装冷气，更谈不上什么中央空调系统。房子太小，放不下冰箱。那六年的寒暑是怎么过的，现在不能想象。

楼下住的是屋主夫妇，他们在公寓的前面开了一间小店，独沽一味卖味噌，它是日本的面酱。各类味噌从全日本各个角落运来，免费让我们品尝。我对味噌的知识是从那里学来的。

屋主的旁边房间本来空着，后来他们的大儿子结婚，就让他们一家住着。

我们隔壁住着一对夫妇，没有子女。丈夫在大公司打工，职位不是很高，收入不够家用，妻子晚上去新宿的酒吧当酒女，帮补帮补。

其实大久保区住的多数是酒女，离新宿近嘛，大家都干这一行。到了黄昏六点钟就排满的士，接她们上班。换上和服或西洋盛装，搭火车是不方便的。

房租不贵，因为后面有铁轨，电车不停来往，发出巨响，就像很多日本电影中出现的情景。和从前的九龙城区一样，飞机经过，习惯了也听不到什么杂音。

"绿屋"是经"不动产屋"介绍才找到的，数十年前日本已流行这种房地产公司的行业。租屋要六个月的押金，加一个月的介绍费，是一个大数目。

搬进去的第一天，就有一种家徒四壁的感觉。事实上也是，什么东西都没有嘛。先解决的是床垫。

那是铺在榻榻米上面的一张垫子和一床棉胎厚被，枕头另加。我身高六英尺，买现成的床垫总露出脚来，晚上做梦，常见整个沉在水中的城市，涉水而过。

面巾是带去的，但晾面巾的架子没买，刷了牙洗完脸睡觉，只有把面巾铺在枕头的旁边。巧遇日本近数十年来最寒冷的一个冬天，第二天一醒，面巾结了薄冰僵掉，并不觉凄凉，好玩地拿起来当扇子。

起身再去购物，买了一个煤气火炉，顶是平的，可以放一个水壶烧水沏茶。一大堆东西亲自搬回家。哈，这一下可好，迷了路。

好在身怀地址。记得来之前有日本通说过，不认路可问街角设立的"交番"。那是一种警察制度，警局在市区各处设置"交番"，每个"交番"驻一名警察。没有什么罪案，警察最繁忙的工作是替人家找路。

跑去问。那警察比比画画地说了半天，用手势说："找谁？"

我用手势回答："我自己的家。"

他瞪了我一眼，不再出声。

带去的钱不多，每买一种东西都要讨价还价，但看电影是不能省的。虽然附近有间"国际学友会"的日本语学校，但我上了几堂课就逃学了。我认为学习一种新的语言，莫过于看电影，把同一部电影看上四五十遍，画面上出现的东西在现实生活中发生了，语言就冲口而出。

新宿伊势丹百货公司对面有家"日活"戏院，楼下放映首轮；楼上次轮，票价减半。按日本电影院的制度，一走进去，只要不出来就不必再买票，我就买一个面包不停地看相同的戏，看到终场为止。

不出数月，我已能运用生硬但发音准确的日语。家里添置的东西也愈来愈多了。为减轻房租的负担，同乡来的朋友一个个搬进来住，"绿屋"最多时曾挤过六个人，四人睡房，两人住厅。

厨具也齐全了。所谓齐全，不过是多几套碗碟，锅子还是只有一个，但是巨大无比。把煤气管拉长，炉子设在桌上，就那么炮制起火锅大宴。买些鱼，买点肉，一大堆豆腐和蔬菜，都是最便宜的，全部放进锅中煮。大家拿着碗筷，一见熟了就捞起来吃。仅此而已，也是乐融融的。浪迹他乡，流泪也没有用。

酒最便宜了，一大瓶 1.4 升的 Suntory Red 威士忌 ① 也没几个钱。大概是纯工业酒精吧，下喉发火，得加冰喝。没有冰箱哪来的冰？打开水龙头，当年还有比矿泉水更甜美的地下水喝；地下水冰凉，正好用来兑威士忌。

喝得多，瓶子可以换面巾纸，堆积在屋外的走廊上，已成小丘。望着那些空瓶，大叫"酒的尸体"！

已开始有女朋友了，她们都有家，不能过夜。小聚时和同屋友人约法三章，把红色毛线衣挂在"酒的尸体"上，大家就不准干扰。

昨夜又挂红色毛线衣，原来是绮梦。有感而发，书此志之。

---

① Suntory Red，日本三得利威士忌推出的一款酒。——编者注

在家里拒绝吃的，在异乡想吃

在日本一住下来，朋友多了，同学也不少。

在大家都穷困的 60 年代 ①，食物之中，肉类最贵。我喜欢讲的一段往事是吃咖喱饭：当年自以为是苦行僧，什么花费都得省，到餐厅去一定选吃最便宜的。

食肆不管多小，都有一个玻璃橱窗，摆着各种蜡制的菜，标明价钱。一碟 40 日元的荞麦拉面，上面只有几丝紫菜，吃多生厌。看到那碟 50 日元的咖喱饭，上面有一块邮票般大的猪肉。好，等到星期六晚上，就吃它。

饭上桌，但是看不到肉，用铁汤匙翻开咖喱浆仔细寻觅，怎么找也没发现，只有作罢。

在家里拒绝吃的半肥瘦猪肉，来到异乡想吃，以为有点油水才有营养。岂知失望，此事记忆犹新。

我不是一个容易被悲伤打倒之人。没肉吃？想办法呀！走过肉铺，最便宜的就是猪脚。日本人不会吃，一只猪脚 20 日元卖给你。花 160 日元买了 10 只，店里奉送 2 只。拿回来红烧。日本人勤劳，已把毛刮得干干净净，冲洗后即能炮制。

那个吃火锅用的巨大锅子又派上用场了。猪脚滚了一会儿后把水

---

① 这里指 20 世纪 60 年代。——编者注

倒掉，过冷河①，再把水加到盖住猪脚，下酱油和从咖啡室顺手牵羊的糖包，煮将起来。

当然加花椒、八角和冰糖最好，但哪有这种材料？

两小时后，一大锅香喷喷的红烧猪脚即能上桌。大家久未尝肉味，吃得十分开心。请些日本同学来照样做给他们吃，他们吃得更开心。

吃不完的话翌日再吃。友人来到，奇怪地问：没有冰箱，哪来的猪脚冻？原来，只要打开窗，放在外边就是。同样的问题：夏天的可乐怎么是冰的？放在水龙头下冲，地下水冰冷。水果用的也是一样的方法。

剩下的肉汁，焓熟一打鸡蛋放进去再煮，吃得一滴不剩为止。

久而久之，同学们就把我们那间公寓称为"绿屋厨房"，该厨房出品的还有著名的水饺。在肉店买了一些搅碎的肉，在面铺购入大量水饺皮，一包就是上百个。馅的种类很多，加蒜、韭菜、白菜或高丽菜都行。

那一大锅水滚了，把水饺放进去。浮上，加一碗冷水；再浮，再加。滚三次之后，水饺即熟，捞起来吃；最后在水中加点葱花和酱油当汤喝。

也不是每次都成功。结识了一些从中国台湾来的女子，她们来绿屋吃过几餐饭后不好意思，就把家里寄来的乌鱼子拿来当礼物。我们这些穷小子不知珍贵，拿去煮汤，结果一塌糊涂，腥味冲天，真是暴殄天物。

把这件事告诉了她们，被取笑一番。

滚大锅粥可没失败过。日本人除了鲷鱼，其他鱼的头都不吃。到百货公司地下层食物部，见职员砍下鱼头后准备扔掉，就向他们要，免费

---

① 过冷河，粤菜的一种烹调方法，即将煮过的食物放到冷水中稍浸捞出。——编者注

奉送。拿回来斩件，用油爆一爆后，放进事前煲好的那锅粥中再滚个十几分钟，即成。

在用来取暖的煤气炉上放一壶水，滚了沏茶。

一天，同居友人已煲了水，我从外边赶回来，一打开门撞到了水壶，就那么淋了下来，把我的脚烫伤了，痛入心肺。强忍之下脱掉袜子，那层皮也跟着剥开，露出带血的白肉来。

这下子可好了，家里也没有烫伤药，同住的一群人不知如何是好。

"我妈妈说要涂油。"其中一个说，"没有药油用粟米油也可以。"

"不不不。"另一个叫，"我妈妈说酱油才有效。"

七嘴八舌，议论纷纷，然后不管三七二十一，又是粟米油又是酱油倒在我的脚上。

"又不是猪脚！你们干什么？"我大喊一声，他们才停下来。夜已深，附近诊所已关门。也不去什么急救医院，想睡睡不着，吞了安眠药，结果弄得有点迷幻，一边讲故事一边自己哈哈笑，闹至天明。

真是不巧，翌日又接家父电报，说他来日本公干，要我去机场迎接。只能硬硬地换了一双新袜子穿上鞋。怕他担心，不能做出一跛一跛的样子。

到了酒店放下行李，父亲忽然说要到绿屋看看，只有带他去。想起他喜欢吃鸡，尤其是鸡屁股，便在回家之前到鸡肉店买来，煮拿手的大锅粥。

在日本的鸡肉店里看不到全鸡，都是分开来卖的：胸是胸，翼是翼，腿是腿。至于鸡屁股，也是洗得干干净净，排成一排排放在铁盘中。就买它一盘。日本鸡屁股肥大，有数十个。

走进屋，家父心酸。还以为他发现了我被烫伤，原来是他看到我们住在那么小的地方，有感而发。我即刻假装看不见，做起粥来。那一大锅鸡屁股，最初几个还觉得好吃，大家拼命添给他，结果弄得老人家一看鸡屁股就怕，一生再也不敢碰它了。

陶斋：做自己喜欢的事，又不用受气

数年前我常到湾仔区的一家叫"陶斋"的小房子去。

"陶斋"的主人不姓陶，名字我从来没有问过，只知他的广东话讲得不好，听口音像是一位上海人。

一进门，只见这间只有 200 平方英尺的书房，四周搭着架子，架子上放着一个个衬衫盒和有各种商标的鞋盒。

线装书、古画、石章等各处扔，一切都是那么残旧和杂乱。

房子的中心位置摆着一架最新型的复印机，像个超越时光的机器。

在这里，你可以找到任何一种数据，不管是文学、经济还是艺术。主人看书极多，他将好的文章保留下来。每天又订了十几种报纸，每种两份，读完两边都可以剪下来，收藏在衬衫盒中。分为多种种类，贴上题目以易于寻找。

客人一有所求，陶斋主人就迅速地找出一大堆数据。

挑选过后，他便拿到复印机去影印。

因为机器性能极好，影印出来的东西黑白分明，清楚悦目。

每份数据收费一元。主人说不算人工，本钱也要五毛。如果要求的份数多，他便主动给客人打个八折。

房子的一角，摆着一张折起的睡床，可见主人也就生活在这个小房间中。

我不知道他如何洗刷和放置私人的东西，大概他一生也没有什么私人的东西，除了这一堆堆的书、画、石头和资料。

"陶斋"不知道是从什么时候开始的，听友人说，大概有几十年了。

这些年来，"陶斋"为做学问的人做出了巨大的贡献，要找最偏门的人物资料，随即翻到。有些论著能在书店中找寻，但发表在报章和杂志上的文章就无法从头收集。

如果没有这份浓厚的兴趣，主人也不会以此为生。做自己喜欢的事，又不用受气，实在令人羡慕。

可惜，在楼价高涨、租金昂贵的情形下，"陶斋"也随之消失。

最后一个独立者也不存在了，可悲。

故地重游，但没人来拥抱我

在汉城 [1]，我要喝上等土炮 [2] "马嘉丽"，一定到清溪屋去。

---

[1] 汉城，韩国首都首尔的旧称。——编者注

[2] 土炮，网络词汇，指自制的、没有经过专业加工的东西，常指自制酒。——编者注

经过一条长巷，便抵达一间传统式的韩国平房。走入院子登上了炕，年轻的侍女便会把酒奉到面前来。

清溪屋的老板娘已有五十多岁，她最迷中国电影，当年何梦华导演的《珊珊》在汉城上映，轰动一时，韩国人叫此片为"苏珊娜"。

第一次遇见她，申相玉介绍我是从中国香港来的，是《龙虎门》的制片，她就不管三七二十一地大力抱住我，大喊："啊！苏珊娜的老板！"

无论我怎么解释说我不是该片的老板，她也完全听不进去，对我十分亲切。口水说干了后，我也再不出声，笑着喝酒。

当地的马嘉丽都是用鸡粮做的，又黄又酸，只有她家是用白米，酿出来的马嘉丽像雪花挤出来的汁，夏天冻得冰凉，用大茶壶盛着，一口一杯，香甜到脑子里。

从此，我每到汉城，就往清溪屋跑。

我和老板娘做了好朋友，不停干杯。

"你呀！"她说，"要是年轻 20 年，我就把女儿嫁给你。"

"如果我老 20 年呢？"我等着她的答案。

"那你就要我做老婆呀！"她哈哈大笑。我也笑得在炕上打滚。

旁边的客人都瞪大眼睛看我们这两个疯子。

"不过，等我女儿长大结婚，"她醉了，"我一定送你一张飞机票，你非来和我喝一杯不可哦！"

我们用小指相交，表示允诺。

多年来，我一次次回到汉城，一见面两个人总是互相拥抱。拍《乾隆下江南》时，我拉了李翰祥导演同去清溪屋，他看到那老板娘搂住我，差点儿把我挤扁，吓了一跳，不晓得我们两人是什么关系。

回到中国香港，照样枯燥的工作；又飞尼泊尔，又飞印度，我已经好久没有尝到好的马嘉丽。

一天，我接到一张喜帖，她果然遵守了她的诺言。令我对人类又充满了希望和信心。

马上买了更贵重的礼物，踏上旅程。

哈哈，这次可真的把我乐坏了。两人依然相抱，她高声大喊："拿酒来！"

由乡下来的侍女，双颊被外面的风雪冻得透红，提了一大茶壶马嘉丽和两个碗。我们开始在炕上狂饮。下酒的，是全韩国最好的菜。

当天不卖酒，喜宴就设在清溪屋中。在我这远方来客比较下，新郎反而被冷落了。看他笑嘻嘻的不在乎，耐心地望着新娘，等待着洞房花烛夜。

"斯界贝尔！"老板娘大力地拍新郎的头，是日语"色鬼"的意思。

"妈！"她的女儿抗议。新郎也懂得几句日语："大丈夫！大丈夫！"不要紧的意思。

老板娘和我继续牛饮。韩国人的习惯，是我干了一杯后，把空杯子给我要敬酒的人，他干了，再把杯子还给我。我们用的不是杯，而是大碗。

再喝便要醉了，我心想。手一停，两碗酒摆在我面前，老板娘说："这叫戴眼镜！如果不喝，对韩国人来讲，是丢脸的事！"

我当然不能丢脸。

"醉了就睡在这里！"

雪融化了，特别冷，我一下子又到热死人的国家去工作。飘游，一逛又几年。

前几天回到汉城，经过长巷，还是那间传统的韩国平房。走入院子登上炕，但是没有人来拥抱我。

"三年前她把这家店卖给我，"另一个女人说，"我不知道她去了哪里。"

走出那条长巷，又下雪了。忽然，我转头，以为听到有人在喊："苏珊娜的老板，下次一定要来唷！"

恨别人，是件痛苦事

我们年轻的时候，疾恶如仇。

这当然是青年人最大的好处，他们天真，不受世俗污染，喜欢就喜欢，讨厌就讨厌，没有中间路线。年纪渐大，好与坏模糊了许多，这也不是短处，只是人生的另一个阶段。

年轻人逐渐变成中年人，又踏入老年，疾恶如仇的特质慢慢冲淡，但也变不成好酒。有些人总是以为世上的人都欠他们的，所以变成了醋。

老的好处是学习到什么叫宽容，自己错过，就能原谅别人，但有些人偏偏认为自己永远是对的，不断地对别人加以评判，要对方"永世不得超生"。他们不知道，恨别人，也是痛苦事。

交友之道，在于原谅对方。记那么多仇干什么？想到他们的好处，好过记他们的缺点，这是"阿妈是女人"的道理，大家都知道，就是做不出。能原谅人，是天生的，由遗传基因决定，无法改变。我能原谅人，是父母赐给我的福分，很感谢他们。

曾在此流连，唯我们偶尔提起风月堂

从前，由新宿车站的东面出口，再步行 5 分钟，到日活戏院的后两条街，有一家叫"风月堂"的吃茶店。它的外表并不起眼，黑漆漆的玻璃门面，一共有两层。一走入，听到播出的古典音乐，后面的壁柜中，收藏无数的唱片，由 78 转到 33 转，全是经典巨作。桌子是由大块的石头雕成，有些地方凹凸不平，茶和咖啡乱摆，客人互不相识，围绕着石桌坐下。

到这里的人多奇装异服，不是引人注目那一种，而是每一件都代表穿者的个性与爱好。他们的面孔更奇特，蓄胡子的男人、留长发的女子皆普遍。有些剃了眉毛，其他的只涂两小点胭脂。他们互不干扰，和平静寂地听着古典音乐，喝着饮料，摇头晃脑地欣赏着共聚在一起的气氛。

"风月堂"也是一个画廊，它的墙上挂满油画，是供给穷画家免费展览作品的地方。如果有人喜欢，便向经理询问，接洽好价钱后便买下。要做画家的经纪人也可以，只要画家们同意。

与其他画廊不同，它并不抽取佣金，只为小艺术家们服务。主人从咖啡和茶中赚的钱也不多，租金一天天地高涨，也是勉强支撑着。

油画一个星期换一次，穷画家比 52 个星期还要多，没有能力在其他地方展出，只有轮流等待，有时等上两三年也不新奇。"风月堂"的主人品位极高，他并不独裁，问过其他人的意见后，有时也作特别的推荐，将很突出的艺人推前展览。

一群大学生经常在这里流连，除了支付这里的廉价咖啡，他们并没有多余的钱花。一坐便数小时，等待、等待。等待什么呢？等待一个Happening（即兴和突发的事件）。

忽然有个孤独的中年人与比他年轻的陌生人接触，表达自己对艺术的看法，发现原来对面的这个小子也有同样且更高深的见解，便将整群人带到他狭小的家中，高谈阔论到天亮。

美好的事多不长久，"风月堂"已被改建成商业大楼，唯有我们这群曾在它怀中躺过的人，偶尔提起。

恨不能多赚一点钱来伊东屋花

到了东京，很了解"女人一跑进百货公司，要拉也拉不出来"的原因。我自己也很喜欢购物，但是并非去百货公司，而是到伊东屋。

伊东屋在银座，是一间八层楼的文具店。它的货物是世界上最齐全的，只要和文具有关的东西，绝对没有一样在这里找不到。而且种类之多，让你无从选择。

单说原稿纸吧，它印有三十几种款式。字数 200、400、500、800不等；格子大小不同，颜色各异，有的清秀，有的实用；大的像半张报纸，小的如袋中手册。

伊东屋楼下卖信封、信纸、明信片、海报等。贺年卡、生日卡，送父母亲的、叔伯的、兄弟的、姑姑姨姨的、外甥舅父的，样样俱全，却设计得庄严中带着一点儿调皮，惹人喜爱。

二楼全是笔，不下数千种，由几十元到几十万元一支。钢笔、圆珠笔、铅笔，看得你头昏眼花。

三楼是案头用品、打字机、计算机等，商品来自欧美或国产^①，设计极为大方精致，配着各式各样的灯饰，有的可以用夹子夹在书上，方便阅读。更有些别出心裁的陈设品，如一排排的钢制小音管，用个小钢珠连续敲打，发出清脆的音符，让你打破单调。

四楼摆着新奇的钟表和种种模型玩具，五楼是古色古香的宣纸、毛笔等文房四宝和一切有关书法和绘画的用品，六楼是西洋艺术的工具，七楼有木工的材料、各种刻刀，专人代客测量和设计自制的书桌椅子和柜子，八楼是复印机的集中地，能重现彩色照片。凡购一物，付账时伊东屋会送你一张八巴仙^②的小纸券，凭此赠送价目相等的货品，每每因之而买得更多。

出门时，伊东屋摆着热毛巾让你擦手。我对财产并不看重，但是到了伊东屋就一直恨自己为什么不多赚一点钱来这里花。要是有足够的资金，相信用一个货柜箱也不够运。下次到东京，记得去伊东屋，要是你也喜欢文具的话，包你只走到三楼就发现花了一个上午的时间。

---

① 这里的"国产"指日本产。——编者注

② 巴仙，东南亚一带的华人用语，即"百分之"或"%"，由英文的 percent 音译而来。——编者注

不知何处见，相约八公前

朋友、情人约会，常因等错地方而误事。刚到东京，乌龙同学叫我在新宿的一间大厦门口等他。我说人生地不熟，那地方有何特征？他答道，屋顶上有一个很大的啤酒杯广告。我有印象，便前往。一到新宿，四处高望，见数间大厦楼上至少五六个有大啤酒杯广告，即刻晕倒。

在东京，只有一个地方不会搞错，所以人们相邀时说："八公前见。"

阿八是一个教授的爱犬，主人每天到大学上下课，阿八定时定刻到车站迎送。老教授去世后，狗不知情，但它念着旧主，每日仍在车站前徘徊。日本人感动，就在这涩谷的车站广场为阿八做了一个铜像，称它为"八公"。

现在的情人约会，地点虽然无变，但时间却出毛病。我站在八公前，看到周围有许多人在焦急地踯躅。他们还是那么年轻、那么美好，为什么要这样互相折磨？等人实在是一件痛苦的事，让人等难道也能安心吗？仔细看八公的铜像，它的眼睛和嘴角，发出的是微笑，还是讥讽？

自动贩卖机里有没有藏一个人

日本人工昂贵，老板和政府又要付出许多福利和劳工保险金，所以他们绞尽脑汁，制造机器来代替人工。目前一般的车站，售票都是用机器，这并不稀奇，中国香港也是一样。不过早在 20 年前他们已经有钞票找换机，你拿一张一千日元，放在一个扁平的格子里，"嗖"的一声，即刻被大力地吸进去，机器迅速地将钞票的花纹、水印、纸张厚度用计算机分析真伪，几乎在同时，已经把 10 个 100 日元的银币叮叮当当地找还给你。

深夜店铺不开门时，你便会注意到街头巷尾摆着多架机器，售卖牛奶、咖啡、茶与果汁。酒鬼最喜欢的是自动卖酒机，除了各式各样的啤酒，还有鱿鱼须、花生米、薯仔片等酒肴。天气冷时，只要扔入一个硬币，便会落下一杯日本清酒，温得暖暖的，一口吞下，才肯回家。

20 多年前，李翰祥导演去京都的松竹片厂搭景拍戏。

早上没吃东西，看到了一架一个人那么高的机器，卖日本汤面，他老人家放进 50 日元试试。好家伙，一碗热腾腾香喷喷的面条出现在他的眼前，和李太太刚从厨房奉上的一样。

李导演一定要把机器打开来看，死都不相信里面没有藏着一个人。

不那么简单

假东洋店铺越开越多，嘴边还未生毛的小子学大师傅拿刀切鱼，让人看了心惊肉跳，打死我也不敢去尝试。

东西生吃，是一种艺术。

普通一个做到站在柜台后的厨子，至少要花十年工夫。起先几年只能打扫店铺，关门后洗刷，开店前再渥净。保持清洁是吃寿司的最大原则。

接着是送外卖，这个时期考验一个人对待客户是否有足够的耐心和礼貌。一有差错，即刻被淘汰。

五年下来，刨器碰也碰不到。优秀的学徒这时候学习陪伴着买手到水产市场办货。当然，老前辈只是指点指点，学徒要扛着几十公斤海鲜，吭也不能吭一声。

再后来才学到炊饭，醋的分量要加多少；鱼和贝类的生物构造，如何去劏开。头尾部分必须毫不吝啬地扔掉。吝啬成性的厨子，切出来的肉块一定不好看，是二流的厨子。口才训练更是重要，客人有什么话题，要即刻能搭得上；不然，是三流厨子。

老师傅把蒸蛋功夫教给你的时候，那你已经有希望成为一流厨子。这是最后的考验。第一层鸡蛋越薄越好，第二层是烧鳗鱼，然后再一层鸡蛋，最少要十几层方完成。味道要不咸也不甜，就这么吃也可以，蘸酱油吃也行；入口还要在牙齿间跳动。做到这一点，才能称得上"厨子"两个字。

一般寿司店已经这么严格，若是劏有毒的鸡泡鱼，那非花上多一倍的训练不可。

金枪鱼是深海鱼类，生吃没问题，但是要将它冻成冰。讲究的是在吃之前某某时辰解冻，老细菌冻死，新的细菌还未生长时。

去过一间不送外卖的江户寿司老铺，朋友要了很多刺身。我们尽顾着聊天喝酒了，东西没吃完。价钱那么昂贵，我说不要暴殄天物，请店铺的伙计替我打包，但遭到拒绝。

我抗议，老板前来道歉。他说他有苦衷，因为要是客人拿回家后不即刻吃，等到不新鲜时吃，出了毛病，那可是要损害到店铺的名誉的。

弹球盘，自动无聊起来

日本人的生命中，要是没有了弹球盘（Pachinko）这种游戏，便似乎是缺少了许多生活上的乐趣。

左手一抓二三十粒亮晶晶的铁弹子，一粒粒地塞入机器的小洞，右手将扳机一弹，一粒铁弹子由上面撞钉落下；要是掉进洞里，便跳出15粒铁弹的奖金，要是落不准便被机器吃掉。

赢家抱着数百粒铁弹到柜台去换取巧克力、毛巾、口香糖、肥皂、罐头等奖品。

到底输的人居多，但为什么还要回去赌呢？日本人喜爱麇集，一家弹子店有百多台机器，每台的面积刚好是一个人位。挤在里面气氛极热闹，加上店里播放的海军进行曲、弹子击中铁钉声、中奖后发出的铃声、铁弹滚出来时的嘈杂声，非常刺激。

机器中的洞下有小郁金香花，入洞花瓣打开，中奖率提高。但是商人嫌赚钱太慢，目前已全部自动化，自动装弹、自动弹出、自动打开、自动输钱，日本人越来越自动无聊起来了。

火烧八百屋

有家叫"八百伴"的百货公司，生意好得不得了。但一般人都不知为何这家日本店取了这么一个怪名字。来源是日本人通称卖蔬菜的店铺为"八百屋",东家开的叫"八百东",西家则为"八百西"。

提起八百屋,不能不谈到江户时代"八百屋的阿七"的故事。阿七是东京本乡四町目八百屋店东的女儿,美丽而多情。在 1682 年,她父亲的蔬菜店被火烧掉,他们举家迁居到另一个地区。阿七怀春,与邻家青年热恋。这时,老家的八百屋已经重建,将搬回到四町目营业。阿七认为这么一走,便永世与情郎分开。有什么办法不离去,而与他长相守呢?热恋中的少女情怀的确可怕,她在一个月夜,私自烧掉重建的八百屋。看着火焰,阿七眼中重现与情郎拥抱的欢乐场面,她狂笑。不料时遇大风,引起一场焚烧整个江户的巨火。

一位世伯逛了东京阿七之墓后有诗一首:"莲花墓碑草萋萋,云水云山意惘迷。当日愤烧八百屋,为情玩火通灵犀。"

银座一绝,反觉得寂寞

每晚,由东京银座的歌舞伎座,经新桥演舞场,到帝国酒店前的这条路上,有个卖煨番薯的流动大排档。推着车子的老人叫野中一松,他的形象 45 年不变,永远是留长髭,戴着一顶米奇老鼠帽子,喊道:"薯呀!煨番薯!用木头煨的番薯——"

日本女人最喜欢吃这玩意儿,一听到他的呼唤便麕集起来。他的客人包括女职员、餐厅老板娘、酒吧女。

今年 58 岁的野中，力大无比，每晚推着那 120 公斤重的车子做生意。他说他决不用现代化的石油气，煨番薯一定得用木头。歌舞伎座常换布景，他就捡废木来烧，这样可以省一点，一个晚上有三万日元的纯利。从前经济景气时，银座有五六摊煨番薯的来和他竞争，现在只剩下他一个，反觉得寂寞。

猫老人

岛耕二先生今年已经 80 岁。

《金色夜叉》《相逢有乐町》等名片，都是他导演的。年轻时，他身体高大，样子英俊，曾主演过多部电影。他一生爱动物，尤其是猫，家中长年养七八只。现在年事已高，失去昔日之潇洒，样子越来越像猫。

在东京，星期日不能办公事，便对我从前的女秘书说，不如到岛先生家坐坐。她赞成，不过她说，可不能穿好的衣服，不然全身将被猫毛粘满。我笑称早已知道，你没看到我穿的是牛仔裤？

他家离市中心很远。从火车站下来，经一段熟悉的路，抵达时，见其旧居已焕然一新，改成两层。走上楼梯，岛先生开门相迎，我们紧紧拥抱。

一见面，第一件事当然是喝酒。他喜欢的是一种价格最便宜的威士忌，樽有日本清酒那么大，我们两人曾干过无数瓶。

下酒菜是他亲自做的煎豆腐渣，他将这种喂动物吃的东西加工，以虾米、葱、芹菜、肉碎等微火煎之，去水分，一做就要两三个钟头。他说，时间对他已没有以前那么重要了。

猫儿们参加一份。大块一点的肉类，他一定先咬烂后才喂。猫一只一只轮流来吃，毫不争吵。目前住在他家里的猫共有六只，另外两只在吃饭时间才出现，它们是不肯被驯服的野猫。

在他家看到的都是土生的猫。岛先生说过他最不爱名种猫，它们娇生惯养，毫无灵气，一点都不讨人欢心。

我伸手去摸其中一只花猫，它忽然跳起来假装要咬我。我放开手，它又走近依偎着我。

"这一只名叫'神经病'，不要怕，它不会咬人，反而最容易亲近新朋友。"岛先生说，"我拍电影，已经没有以前多了，把这个家改成两层，下面租给女学生们住，多数是学音乐的，她们最喜欢上来抱神经病。"另一只步履蹒跚的白猫走了过来，往他怀中钻。他说："阿七已经10岁了，照猫的年龄，和我一样老。年龄真是一件奇怪的事，20年前你20岁，我大你两倍，20年后，我只不过大你一半罢了。"

又有两只走过。他说那是同一个母亲生的，但颜色不一样，叫黄豆和黑豆。

"爷爷，爷爷。"一个年轻的女房客不敲门就走进来。岛先生笑骂道："不老也被你叫老了。"女房客一个箭步跳上前抱着他，问道："今天有什么东西吃？"

"她叫阿花。"岛先生向我解释，"学钢琴的，每天早上被她吵死了。"说完拍拍阿花的头，说："今天不行，留给客人吃，好不好？"

阿花"唔"了一声，点点头走下楼去。

"她们常跑来把我辛辛苦苦做的下酒菜都吃光了。"岛先生说。

"那怎么行？至少也要剩一点给自己。"我说。

他笑着摇摇头："对猫，我已经不留了；对人，我怎么忍心？"

这时，又有一只巨大的黑白猫走来，趁岛先生去拿冰块的时候，一屁股坐在他的座位上。岛先生回来一看，说："它有 10 公斤重。"

说完便坐在它旁边，抽出柔软的面巾纸为它擦干净眼角。

倒抓它颈项的毛，它舒服地闭起眼睛。"它真可怜，"他说，"来我家的时候，已经被它以前的主人去势了。"

岛先生摸摸它的头，对我说："猫儿们要是坐在我的椅子上，我绝对让它们一直坐下去。如果是我的老婆这么放肆，早就被我赶跑了！"

追债老头——财务公司的"道具"之一

在东京的小寿司店里，我和隔壁的一个 60 岁的老头聊起天来。问他干些什么，他回答说是职业追债人。

日本的许多财务公司很轻易地便把钱借给人，只要你有固定的职业和薪水，就可以随时从它们那里借到现金。对于利息，财务公司有一套你永远不懂的计算方法，反正头头是道，怎么讲也讲不过它们。一下子，你要还的利息变成原来借的一倍、二倍、三倍，一辈子也还不清。

钱还不出，财务公司有一千零一个办法逼迫你，结果，有的人最后忽然失踪，有的被追得疯掉，还有的一家自杀了。虽然如此，日本借钱的人不断，打开报纸，差不多每天都有被害者出现的新闻。

这老头便是财务公司的"道具"之一，他的工作是看谁不还钱，便搬到谁的家里去住。

"他们不会报警抓你吗？"我问道。

他说："当然会啦，我们去逼迫的是那些个性比较软弱的，他们自己知道理亏，又经过我恐吓一下，便不敢去找警察。那些个性强的，我们有另外一套办法去对付。"

"你住在人家的地方，每天干些什么？"我又追问。

"什么也不做，看看报纸啦；还好有个电视机，不然会闷死。选的当然是我自己要看的节目，他们不敢出声。而且，一天还要叫他们做三餐给我吃。"

他扬扬得意地说："我的老板对我也不错，前天还买了一大包水果来看我。我叫他们拿酒来招待老板，他们好像不大愿意，老板又联合我吓吓他们，结果不但有酒，还有寿司送呢！"

"你总有一天会闯祸的。"我说。

他点点头："已经闯过啦。有一次把他们逼迫得厉害，结果他们逃掉了。邻居看他们可怜，就报了警，我被抓进去，关了六个月才放出来。"

"这么缺德的事，怎么做得了？"我问。

"有什么办法，我自己也是因为向财务公司借了钱，还不了才这么做的。"他答道。

小食摊美味无比，可忽略其他缺点

星期日空闲时，最欢到"陆羽茶室"去饮茶。另有一个常去的地方，便是上环南北行的小巷，它的花名令人倒胃，叫"屎坑巷"。因为这条窄巷夹在两栋房子的背后，古建筑物之茅坑多是在后门侧跟，故有此称呼。其实这条小巷并非臭气冲天，也看不到厕所。虽然谈不上太干净，但这里的小食摊美味无比，便忽略了其他缺点。

巷里有三档鹅肉铺位、两家猪什汤和一个炒菜头粿的摊位。走到巷子的尽头，便是"斗记饭店"。

鹅肉是中间的那家味道最好，肉香软。先斩一碟鹅翼和卤鹅肠下酒，再叫一碟"猪头粽"，它是用猪头切碎挤压成的食品，切成一片片蘸蒜泥、白醋和辣椒来吃，仙人也羡慕。这小摊子也卖"鱼饭"，是蒸熟后风干的鲜鱼，配着上等的普宁豆酱，也是一绝。

跟着是第二档的猪什汤，它的主要原料是猪血、腰子、粉肠及猪肺。熬了几小时，汤水香浓，加上烫得雪白的猪肚，又柔又脆。汤上撒了冬菜、珍珠花菜粒及鱼露。前一夜大醉后，第二天喝这一碗汤，把宿醉一扫而光。

还有猪肠灌糯米这道菜，要早一点叫才能叫到，下午一点半已被客人抢完。

炒菜头粿是将切成小长条的萝卜糕煎至金黄，加甜酱油、鸡蛋及韭菜，香喷喷地上桌。但不要太贪心多吃，否则没空间享受其他菜。

斗记饭店的旁边有一档金记，由一个红鼻子的父亲和小女儿经营，特别好吃。他炒的沙茶牛肉、芥蓝炒大地鱼、炒蚬、贝壳炒咸菜汁，样样可口。

这家人的冰箱温度特低，冻出来的青岛啤酒一部分已结冰，在炎热的夏天，相当于冷气设备。

另一档卖粉粿、芥蓝粿、笋粿，皮薄料多，可多买几份打包回家。

饮品档里，用锡兰茶熬出浓液，加上鲜乳，香郁得让人即刻上瘾。

在这里，三四个人去大吃一顿，只要 100 港元左右，已经叫你撑得走不动了。

梦陆羽，枕头湿了一大块，口水浸成

离开中国香港好几个月了，住的家只是间空房子，怀念的是星期天常去的陆羽茶室。

想想，自己已经坐在渡海轮上，最喜欢坐在靠窗的第一排，让凉爽的海风扑面而来，对面的高楼大厦，怎么百看不厌？

散步至史丹利街，守门的孟加里，换了个新人，以前的老豆退休，已回家乡享清福去了吧。

袁发为我订了间房，今天看到的是邓芬的山水还是张大千的花卉？

坐在柚木长凳上，一点也不会因坚硬而不舒适，木头油滑清凉，透过衣服沁到肌肤中去，我爱中国家具。

连叫普洱、铁观音、牡丹和龙井，每样一盅，好好地品它一顿。这个茶盅，我用拇指和中指提起，食指略掀盖子，把茶倒入小杯里，一滴也不溢湿白餐布。

细读写着各样点心的小册子，贪心地用铅笔拼命乱画，先来虾饺、烧卖，接着是粉果、地瓜酿雀肉、上汤水饺、藕头角、灌汤包、柱侯排骨和荷叶饭。

阿成探头进来，我向他做了一个手势，他即刻点头会意，转眼间就拿来一瓶双蒸。

朋友笑骂我白昼"饮"，我赖说不是我叫的，是阿成硬送上门的。

还是吃不够，又来一碟豉油鸡和油菜。讲到豉油，这里的又黑、又浓、又香。有一天什么都不叫，只来一大碟酱油，也可下酒。

袁发进来把滚水冲入茶盅，他每次冲水都由我的肩膀后倒下，我也从不避开，因为我知道他有把握不溅一滴。

接着他把娱乐圈中的琐碎事复述一遍，如数家珍，熟悉得不得了。

不过瘾，再添一碗炒饭和一碟京都炸酱面。杯盘和蒸笼，都已叠得没处放。变黄的空杯，更是四处颠倒。

醒来，原来在做梦。枕头湿了一大块，是口水浸成。

这个"儿子"最孝顺，最听话

一个地方住久了，就有所谓的人际关系了。像一片树叶中的脉络，我们认识的人也布满了整个社会，是多年来累积下的关系，只要一个电话，就可以找到需要的人帮忙。

　　半途移民，这些人际关系又得重新建立，的确很烦。这是到陌生地方最不便的事。除了本身工作上接触的人，我们至少要认识一些医生、律师、会计师等，生活在一个都市中才能如鱼得水。

　　但是这也要看性格。我是一个极不愿意麻烦别人的人，就算与对方熟络，得到的方便，也要以各种方法双倍三倍以上地去报答，这才能心安理得。

　　除了从事上述几种职业的人，我发现我还少了一样人物，那就是电器师。我对电器一窍不通，又很不愿意学习，家中电器一有毛病，就不知怎么处理。

　　连最简单的传真机也会给我增添苦恼，买普通的常坏。一气之下，到日本去买了一个最先进的，但是照样传不进来。

　　年轻朋友自告奋勇，替我一弄即好。从此要是收不到的话就要请他上门，结果变成互相的心理负担。

　　又买了一个专看翻版影碟的机器，友人答应替我安装。但年轻人善忘，一拖再拖。我又不好意思催促，如今还是放在家没用过。

　　还有些译码器，也如此下场。

　　今天决定到电器行中请人，多贵都不是问题，只要想得到就得到便是。吾垂垂老矣，最不能忍受不方便。

　　母亲最爱说笑话："我还有个儿子。"

　　"什么？"我们都叫出来，"何时出现一个兄弟？叫什么名字？"

　　"叫钱，"母亲说，"这个'钱儿子'最孝顺、最听话。一传就到，不必等。"

考到驾照第二日，翻车

我在 18 岁那年考到驾驶执照，第二天就把车子给撞扁了。

那是我姐姐买的一辆 1955 年的奥斯汀二手车，蓝绿颜色。现在想起来，那车设计得极有毛病，它的车身很高，四轮狭窄吃不到地面，非常容易侧翻。但这都是借口，问题出在我只上了十几小时驾驶课，根本没有经验。

约了好友黄树琛，我们两人都是摄影发烧友，一齐到英军阵亡纪念碑去拍照。初学者对几何形的构图特别感兴趣，那一排排整齐的坟墓，阳光照下，是最好的拍摄对象。

这条大路直通马来西亚柔佛，为什么不顺道去一趟？那里榴梿便宜，买几个回来吃吃也好。女同学听说有私家车坐，都争着参加，我挑了三个样子好一点的，就上路了。

马来人的榴梿，不要本钱。他们一早到林子里拾了拾，放在两个大竹箩里，弄根扁担就挑出城摆在路旁卖，生意好即收档，晚上到游乐场跳"弄影"。这是马来社交舞，男女双方把腰摇呀摇，手摆摆姿势，互不接触，随着单调的节奏起舞。一块钱买四张票，交给舞女，跳将起来，不亦乐乎。要是没人买榴梿怎么办？自己吃呀。

"全部要了怎么算？"我问小贩。

"四毛钱一斤。"他说。在新加坡，榴梿以斤计算。

堆满车子的后厢。

这时另一个小贩出现："两毛一斤。"

那三个女同学说买去送亲戚也好，再向他要了。装不下，就放在后座，我和树琛坐前面，开车回家。

一路上，女同学有的唱黄梅调，有的唱《刘三姐》《五朵金花》；树琛和我则唱《学生王子》里的《喝！喝！喝》《海德堡的夏天》等，扮男高音，唱得走调。

肚子太饱，柔佛那顿午饭吃的尽是螃蟹。那里的螃蟹又便宜花样又多，清蒸、盐焗、炒咖喱、炒酸甜酱，每一碟都是肥肉蟹和膏蟹，饭气攻心，昏昏欲睡。

直路上，为显威风，我愈开愈快。

忽然，前面有块急转弯的牌子，看见时已经迟了。现在的话也许会进高坡松缓速度，当年只反应性踩刹车。嗞——车胎和道路的磨擦声兼有橡胶烧焦的臭味，整辆车子凌空飞起。

眼中路斜了，又见天空在脚下，转了又转，转了又转。听到女孩子们的尖叫，跟着看到榴梿腾空飞起。糟了，坚硬的刺插进她们的头怎么办？非娶她们不可。穿红袍的新娘子头布掀起，是个大花脸！

"砰"的一声，挡风玻璃变成数千块碎片。当年还没发明含胶的，其中一块直飞黄树琛的眼睛，他本能地把头一歪，四块玻璃擦着眼角而过。

停住吧！停住吧！一刹那的事，又有如一世那么长！终于，一切忽然静止。

车子两边都凹了进去，门打不开。只好从破裂的挡风玻璃处爬了出来。

"有没有事？有没有事？"我们大声问女孩子，一个个把她们拉出来。她们已经吓得不会哭泣。

奇迹般地，大家都没受伤。树琛觉得湿湿的，用手一摸，只见眼角处淌出血来。女孩子争着用手帕为他止血，他用手把她们推开。

天气热，血很快凝固了。附近没有公用电话，我们不知怎么求救，只有坐在路旁，等车子经过。

无聊起来，这种机会不可多得，非拍几张照片不可。树琛拿了莱卡，我用的是父亲的 Rolleiflex 双镜头盒子相机，把撞坏的车子记录下来。

"不够戏剧性！"树琛说。

我即刻钻进车子，上半身爬出来伏在挡风玻璃处，假装受了重伤，让他多拍几张。

过了好久，也不知道是谁报的警，救护车终于来了，把我们一个个送进车厢。临上车，舍不得榴梿，选了那几个最熟最大的搬了上去。肚子忽然感到很饿，借了铁钳把榴梿撬开，和救护人员分享，一齐吃掉。

后记

那几个女同学，其中一个因为失恋，得了神经病，我曾经到疯人院探望过她。

黄树琛后来移民巴黎，结过三次婚。女人迷恋他，和他右眼角的那道很长的疤痕有关。通常电影中的男主角，和坏人打斗后，受伤的也只在眼角，很有型嘛！

那辆奥斯汀，进了修车厂。要是现在的话，早就报废了，但当年汽车还很珍贵，外壳给技师们敲敲打打，车内丝绒修修补补，竟然俨如新车。姐姐即刻把它卖了，还得到很好的价钱。

我隔天就把过程写成一篇文章，投稿到报纸副刊，赚了些稿费。

后来怎么找也找不到原文了。现在为什么从记忆中把这段往事挖出来？也是因为黄树琛过了他的 59 岁生日，发邮件来说又结了一次婚。

我还是以撰稿为生，但写出来的东西，已没有当年那么好了。

第三章

电影是个大玩具

回忆名字妈母酒舅病顽皮年代

海南师傅冰银座老细婶丁长

阿叔的书与香老先生八百屋垂钓

崎宏三光师林棠伊东屋花

成龙风月堂导演雷大师翻车片冈千惠藏福建薄综鱼斋主人

古龙弹球盘绿屋绮梦树根克

片一瞬陶斋休和尚糯糊占补衣

倪匡三毛制片醉龙痿小盒糊

猫老人配音陆羽

什么叫制片

人家问我："你是干什么的？"

"制片。"我说。

"什么？"

"制片，电影的制片。"

"什么叫制片？"这是必然的反问，"主要是做些什么工作？"

是的，什么叫制片呢？有时干我们这一行的人都说不清楚。

最原始的定义，制片是由一个主意的孕育，将它构思成简单的故事，请编剧写成分场大纲，再发展至完整的剧本。同时间内，制片接洽适合此戏种的导演、演员和其他工作人员，计算出详细的预算。定了制作费之后，便开始制作。拍摄期间，任何难题都要制片人解决。至于拍成，善后的配音、印拷贝，连海报亦要参加意见，一直到安排发行，出售外国版权，片子在戏院上映为止，无一不亲力亲为。笼统来说，制片人是校长兼敲钟人。

"那么邵逸夫、邹文怀等，算不算是制片人呢？"有人问。

邵先生和邹先生各自拥有片厂，一年制作多部电影，无法对每一个细节都去花时间研究，就交给别人去处理，他们只做决定性的选择。通常，外国人称之为"电影大亨"。我们的地区，在广告和片头字幕里冠上"监制"之头衔。

"那么，监制就是老板了？"你又问。

这倒不一定。监制可能是一个维持电影制作水平的人。他们在故事和剧本上参加意见，控制制作费用，把完成的电影交给出钱的老板，自

己领取监制费，或者在总盈利上分红，或者在制作费上参加股份。像
《双响炮》就是洪金宝"监制"的。

　　"片头字幕上的出品人呢？那是什么？"

　　出品人倒多数是"出钱人"了。这些人有的懂电影，有的不懂电影，
他们看中一个剧本或一个导演、明星，做出投资，其他一切却不去管，

交给"监制"或者"制片"。片子上映时，总不能在字幕上写明"老板"，所以电影界发明了"出品人"这名称。

"制片人既然不是出品人，又不是监制，那么他们的地位是很低微的了。"有的人还是不明白。

要是一个制片没有主见，受到老板和导演左右，替双方打打圆场、跑跑腿，这种制片人的确很可怜。这种人不应该被称为"制片人"，而只是一个大"剧务"。

"剧务又是什么呢？"

剧务应该是制片的助理，负责安排交通、饭盒子、派通告通知演员集售的时间等，在一部电影的创作上，亦费了精力。

"制片人要替老板控制预算，那不是非要和花钱的导演打架不可？"

导演和制片人之间的关系，应该像个夫妻档。制片人必须了解导演的创作意图，帮助导演把想象力变成形象、化为现实。如果对导演的每一件要求斤斤计较地讨价还价，那就会影响导演的情绪，妨碍他们的创作。

有些个性比较单纯的导演，以为一抓到拍戏的机会，便要求一切尽善尽美，不管投资者的死活，不顾预算的高低；明明不是重点戏，也当主场戏去拍，怀着"万一片子太长，可以一刀剪掉"的私心，拍个没完没了。这时候，制片人要是不会全面性地顾及，整盘计划就要崩溃。所以，他必须向导演申明大义，防止导演的任性妄为。

反之，如果有的导演太注重预算、主场戏也马虎处理的话，那么制片人必须请他们多花时间和心思去拍摄。花钱的不是导演，而是制片人了。

应花的花，应节省的节省，这是制片人必须做到的基本工作。这句话说起来容易，实行起来是非常困难的。哪里是界限，全凭制片人对电影的了解是否足够、眼光是否远大。

导演也是人，有他们的自尊和信心。人都有犯错的地方，不顾及导演的情感而当面斥责，坏处必然反映在作品上。让这种现象发生，是制片人的错。故制片人唯有和导演的关系搞得密切，一如新婚夫妇那么如胶似漆，又要在家公家婆面前搞得有体面，才能得到亲戚们的赞赏。

"制片人用什么标准去挑选演员呢？"这也是常被提出的问题。

答案当然是以哪一个演员的性格最适合那个角色为基准。接着，制片人要考虑到这个演员对卖座有没有帮助，这也是非常现实的，不能自欺欺人。

他们的片酬是否合乎预算也是个头痛的问题。钱方面即使解决了，他们是否能够与拍摄的日期配合又是个问题。

被迫放弃某个理想的演员，心里总有阴影，但在无可奈何之下，必须和导演商量改用一名次要的，可考虑采用新人。

用新演员是一种极大的赌博，需要勇气、胆量以及眼光。虽然他们的片酬相对较低，时间上也容易控制，但是花在磨炼新人上的金钱、时间和心血，到头来你会发现和请已经成名的演员是一样的。但是在卖座上的风险也大了。不过，培植一个新人崛起，那种满足感是无法形容的美妙。

"制片人用什么标准去挑选工作人员呢？"

这主要是靠经验了。

在一部一部片子的制作过程中，你会发现一组工作人员中常有些庸材。

制片人将把这些人过滤、淘汰，剩下一组精英，一人身兼数职。热爱电影和相处随和的工作人员，能够影响片子的进度以及拍摄中的愉快气氛。整组人是个巨大的齿轮，任何一处不对，都能拖慢制作，破坏片子的旋律。

有的副导演和服装师是死对头，但两人皆为一流高手，那制片人就要自掏腰包请他们喝酒。

喝酒不一定行得通，因为有些平常很乖顺的工作人员，醉后必然大打出手。这种情形之下，只好带上他们去娱乐。

在本地工作还好，但一组人到外国拍戏，一拍就是一年半载，那么，什么人生缺点都暴露出来了，本身就是一部恐怖片，一座"疯人院"。

这时候，唯有容忍才能解决问题。容忍更是最难做到的，到了外地长住下来，缺点最多的往往是制片人自己。

"如果你有选择，你愿意当出品人、监制，还是制片人？"朋友问我。

我的答案还是当制片人。

不懂电影，出钱的出品人和银行贷款没有什么分别。懂得电影，做重要决策的出品人对一部电影没有全面性的照顾，感情也跟着减少。

监制和制片人其实应该是一体的。

更详细地分析，制片人的工作是非常繁杂的，先要了解整个电影界的局面，知道外国和本地的市场。他们还要明白片子发行的途径，这又是一门很深的学问。

他们必须取得出品人、导演、演员和工作人员的信任。每一个人都有自己的脾气，把一群对电影狂热的"疯子"集合在一起，又要让大家不互相厮杀，变成一体地工作，是个艰巨的任务。

投资者有时会提出匪夷所思的建议，制片人需要坚决地站在自己的岗位上，不卑不亢地执行自己的工作。成功了不能骄傲，失败了要勇敢地承认自己的错误。

制片人应该也会导演。至少，他在谈剧本时必须和导演一起将一场戏在脑中形象化，判断是否能得到预期的效果。至少，他在整个剧本里必须和导演一起在脑中"看"完一出戏。

制片人应该每天看导演拍摄出来而未完成的影片，并且要会将一个个零碎的镜头组织起来，了解这场戏是镜头太多了还是缺少了什么镜头。

"我们在这里加一个特写，是不是更有力？"制片人问导演，"当然，还是以你的意见为主，由你去决定。"

如果导演还是一意孤行，那你又知道少一个特写不影响整部戏时，制片人只有装聋作哑。

但是，如果这个特写是决定性的，会令整部戏更好时，制片人必须坚持。

坚持也是很难的，与导演争论得脸红耳赤是差招，命令更是差差招。

最好是说服摄影师、灯光师，甚至服装师、道具师，让他们轮番向导演左一句右一句，到最后让导演来和制片人说："这个特写是我自己也要加的。"

"制片不是生下来就会的，要怎样才能当上制片人呢？"对电影有兴趣的年轻人问。

当制片人是没有什么学校教的。只要有志向并持续学习。制片最好从小工做起，先是场记、副导演；或是由剧务的跑腿，行内所谓的"蛇仔"，慢慢升到剧务、助理制片人。他们要懂得电影制作中的每一个过程，摄影、灯光、服装、道具、剧照、化装等，才能略有当制片人的资格。

在这个过程中，制片人了解了各部门所需的器材和它们的性能。单说摄影，制片人就要知道什么情形之下用大机器米歇尔，什么情形之下用小机器亚里飞斯。亚里飞斯也分型号，二号只可拍摄事后录音的片子，因为一开机就吵个不停；三号和 BL 型就能同步录音，它们很静，但市面上没有几个，制片人要一个电话就打到可以租赁的地方。制片人要清楚，什么情形之下，可以说服导演和摄影师用二号机，什么情形之下，要移挪制作费去租昂贵的沙龙公司代理的潘那威信^①机。

镜头有快慢，夜景时用快镜头可以省下灯光器材的租金和打光的时间。这时候，是否要配合采用感光度强的底片？底片要用柯达的还是富士的？后者较便宜，但需要考虑和整部片的色调是否统一，微粒会不会太粗，底片经过长时间储藏会不会褪色，这又要涉及暗房冲印技术了。哪一家最好？哪一家能够帮助摄影师"推"高一个或两个光圈而微粒照样不变？这一家暗房能不能做到摄前曝光或摄后曝光，以让片子有一种朦胧而怀旧的效果？本地不行，是否拿去东京东映现象所？寄到澳大利亚或者英国兰克公司，或者荷里活^②的电影实验室公司？他们的价钱比本地暗房贵多少？我们是否有这种时间和金钱上的预算？进一步，又关系到是用新艺综合体拍，还是用标准方式？后者的镜头模拟前者更有选择，光圈也大得多。用标准方式，是用 1∶1.85，还是 1∶1.66？前者太过窄长，重叠中英文字幕占去太多的画面，还是 1∶1.66 比较适合我们

---

① 潘那威信，英文为 Panavision，一般译为"潘纳维申"，该公司是先进高精密照相机系统的设计者、制造者和供应者。——编者注

② 好莱坞（Holly Wood），香港译为"荷里活"。——编者注

的电影；1∶1.66 的画面和磨砂玻璃难找……

永远的问题。

人生注定有起有落，制片人所制作的电影赚个满钵的时候当然意气风发，但一连三部影片不卖钱，就无人问津了。聪明的制片人多数先搞好发行和经营剧院，变成所谓的电影大亨。如果你做不到，那你要学会在低潮时默默耕耘，静观自得地挨过这个难关。最好有个副业，像写写专栏。

上面所讲的只是些个人的唠叨，大部分只是吹牛。做制片我还是个小学生。

本地杰出的制片人不少，希望他们完成我办不到的心愿。

什么是配音

读者来信称对电影的配音深感兴趣，要我多讲一点这方面的东西。

让我们谈一谈什么是配音。

我想，最原始的配音是在无声电影时代吧。银幕上放映着男女拥抱的场面，在一旁有个小台子，后面站着一个人看着银幕，跟着男女主角的口型，大喊："我爱你，我爱你。"我们把这个人叫"旁述"，广东人称之为"解画人"，日本名字为"辩士"。

遇到中国片子，画面和画面之间出现字幕，解画人根据画面和文字忠实地讲解给观众听。但是碰上西片，解画人对英文字幕一知半解，或者完全不懂，就按照在电影画面上看到的东西以自己的理解去说明。反正每晚都是同一部戏，熟能生巧，讲得口沫横飞，有声有色，到最后变成一个与原来的剧本完全不同的故事。

出色的解画人的声技能够令观众入迷。同一部电影由不同的人讲解，效果差个十万八千里。有时解画人的名字也登在广告海报上，写得比外国男女主角的名字还要大。如果这家戏院的老板吝啬，不肯多给工资，解画人东家不打打西家的时候，观众也会跟着他去，令这家戏院的生意一落千丈。

有声电影出现之后，这些解画人便随着时代消失了。电影史上从来没有关于他们的记录，但他们对电影事业也有过贡献。

在东京浅草雷门的后巷中，还可以看到一个小坟墓，里面埋葬的并不是死人，而是解画人的"声音"。石碑上刻着"弁士之墓"四个大字，几行小字记载着各个出众的解画人，有些还活到今天。

目前的电影，纪录片还是需要解画人的，不过他们已不站在银幕之前，而只是在影片上配上一条声带。许多纪录片因为旁述讲得不好而失败，而有些例子则是解画人能将片子起死回生。前提条件当然是要旁白写得好，如果再加上一个熟练而活泼的声音，往往能使一部纪录片锦上添花。可见声音对一部电影是多么重要。

最初的有声剧情片，都是同步录音的。何谓"同步录音"呢？简单来说，演员在表演的时候，由摄影师拍摄他们的动作，以录音机录下他们的声音，两个机器配合呼应，同时将动作和声音记录下来，便叫"同步录音"。

至于技术上和机器功能上的细节，因太过专业，我这里不做赘述。

举个例子来说，我们看到的周璇演的《马路天使》，便是以同步录音拍摄，我们听到的，的确是她本人的声音。但是，目前一般的港台电影，拍摄时不录演员的对白，等待片子剪接完毕后才叫别人配音上去，这叫"后期录音"，也称"配音"。

"能听到演员自己的声音不好吗？"你说，"何必去配音呢？"

这个问题提得好。

的确，我们是应该看到由什么人演就由同一个人讲对白的电影。

我们的电影由美国引入了有声的技术，就保留着这优良的同步录音传统，甚至在电视上看到的粤语残片的新马仔、冯宝宝，都是他们自己的声音。

同步录音要求演员记牢对白，要求他们发音清晰、声音中有感情，要求有真实感，要求生活化，要求震撼力，要求语调上的韵味，要求略带瑕疵的方言腔……要求的东西，数不胜数。

歌舞片兴起时，对白极少，都是音乐，在现场没有办法一个镜头一个镜头地断断续续同步录音，便事前将一首歌曲录成一条声带，在拍摄时播放出来，演员跟着歌词张口闭口，这叫"放声带"。

黄梅调片子衰落后，崛起的是武侠片和功夫片，同步录音更是不可能了，因为当时的演员只要会打，第二天便成为巨星，他们的国语当然不是每个人都能讲得好。所以掀起了后期录音的浪潮，放弃了同步录音的传统。

这个现象，一直延续到今天，观众再也听不到演员自己的声音，多么可悲！

配音的过程是怎样的？

把导演剪接好的片子，分段地剪出，然后接成一个很大的圈子，在放映机上重复地放映。配音员坐在银幕前，跟随着画面中演员的口型，配上对白。放映室后有个同步的录音机将声音录下来。

我们现在还是用这个落后的办法，而先进的地方已经用"乐与滚"的放映机，可以控制片子前进或退后，随时放映任何一段戏配音。中间录不妥，也不必从头做起。

配音这一行业不是容易干的。配音员的工作环境永远是在黑暗中。每部电影不管制作费多么浩大，比较而言给他们的钱少得可怜。而且总要赶着上映而夜以继日地配音。就算不急着上映，为了节省录音室的租金，也要配音员以最快的速度完成工作。

每一组配音员都有一个领班。领班不只是领导一群配音员那么简单。有场记详细的对白本当然是好配一点，但是记录得不清楚的，领班还要成为编剧，创作出对白。尤其是将粤语翻成普通话的时候，某些导演和编剧根本不能熟用普通话，就要看领班是否能将对白弄得传神。

熟练的配音员能帮助木讷的武打演员表现演技，但是他们戏配得多了，少不了有点职业腔。有些导演会要求新人来配音，新鲜感是有了，却少了感情。

小孩子的声音多数是女人配。胡金铨导演的一部片中有个老太婆的角色却用了男声才像。卡通片的尖声，有些配音员能自然地变腔配上。他们的音技是多姿多彩的。

佼佼者中有已故的张佩山，李小龙的声音便是他配的。毛威去了新加坡发展。在中国香港的有唐菁、张佩成、焦姣、小晶子、乔宏、李岚等，后起之秀是张济平。

唐菁配音很认真，他一定要在对白本上做三角形或圆圈的记号，以表示何处加重语气，只有他一个人看得懂。

有一次大家恶作剧地在对白表上乱打叉叉，害得他看个老半天。

其他配音员都笑得由椅子上跌下来。

我对配音这个行业是尊敬的，但是我反对整个的配音制度。

动作片带领中国港台电影进入了国际市场，可是也让我们养成了配音的恶习。我自己沉迷其中。以前和美国合作拍戏，一切动作都完美，导演却喊 NG①；我问其故，导演说声音不好，我才明白。

在英语系的片子中，要是演员的声音由别人配，就不能在影展上参加竞选，因为，理所当然的，声音，是演技的一部分。

试看我们的金马奖男女主角，哪一个是用了自己的声音？

近年来拍的几百部港台作品，来来去去都是那几个人配的音。

有一年，杨群和柯俊雄都有片子参评，杨群主演的落选，但是由他配音的柯俊雄却成为影帝，岂非讽刺？

柯俊雄的普通话说得不标准，但是在《香江岁月》中的同步录音，并没有影响到观众对他的印象，反而令他的演技更进了一步。

后期录音是落后的。演员水平降低，他们变得不必在语言上下功夫，变成不记对白也行，相当于战场上一个把枪丢掉的士兵。

是的，市场在缩小，人力物力价格提高，拍一部同步录音的戏，要加一成以上的制作费。但是有声电影的初期，不也是照样挨下去！当时的厂棚隔音设备还不好，白天拍戏，车子经过要 NG，只好晚上静下来时拍；但一下雨又是 NG，好歹等到雨停了，岂知蟋蟀和蝉声大作，又要泡汤，但还是挨下去！再与现场录音的电视片集一比，配音更显得逊色。不可否认，同步录音带来了强烈的真实感。好在还有些有良心的演

---

① 即 no good，指演员在拍摄过程中出现失误或笑场或不能达到最佳效果的镜头。影视拍摄中导演喊"NG"，就是说"不好"，让演员再来一次。——编者注

职员要求配回自己的声音，叶童就是一个坚持这个原则的人。她的声音不能说很好听，但是那么自然、顺耳、有感情。在不同市场要求下，粤语、普通话配音员能够生存，何况尚有外国片需要配音。但是，配音制度，我却希望它早日消亡。

导演雷大师：四海觅知音

印度一年拍三百多部电影，闻名于世的导演是萨蒂亚吉特·雷伊（Satyajit Ray）。

20 年前，雷伊以他的《阿普三部曲》夺得许多国际影展的大奖。当时他以墨白的摄影和清淡、纯朴的电影手法去描述一个印度青年的成长，的确是经典之作。

有一年中国香港国际电影展请他做嘉宾，但不知什么原因，让他有一种受冷落的感觉。

胡金铨早与他结识，请他到家里吃饭，客人还有胡菊人[①]、戴天[②]与陆离[③]。

[①] 胡菊人，原名胡秉文，中国香港著名的专栏作家和文学评论家。——编者注

[②] 戴天，中国香港作家、诗人。——编者注

[③] 陆离，中国香港作家、编辑、评论家。——编者注

他写了一本《我们的电影，他们的电影》，读后发现他在电影工作中所遭遇到的难题和中国电影一样。做艺术家的困苦，也是不分国籍的。

我很喜欢这本书，当晚带去，准备请他在书上签个名留念。

雷伊身材高大，是个魁梧英俊的男人；皮肤并没有一般印度人那么黑，像南意大利人。

他有一股高傲的贵族气质，但语气柔和，给人一种容易亲近的感觉。

我们围着他喝酒闲聊，非常融洽。

"我的电影在印度并不受欢迎，"他说，"因为戏里没有歌，也没有舞，更不是长达三小时的片子，而且用的是方言，并非普遍的印度语，观众自然难以接受。即使我拍印度语电影，印度观众也觉得格格不入。反而在英国和欧洲其他国家有一群喜爱我的电影观众。"他的言语中带着无限的悲伤。

陆离如数家珍地把雷伊的电影从第一部谈到最近的一部，而且还能描述每部影片的内容和技巧。

我第一次看到雷伊笑了，笑得很开心。我想，他的电影在那么遥远的海外有一个知音，也够了吧。

一直以为陆离只对杜鲁福较偏爱，哪知道她对雷伊的认识也那么深。比起她，我真是幼儿园的学生，那本雷伊的著作，留在我身边不如放在她家好，便送给了她。

灯光师林荣：不浪费地把夜景拍摄成白日画面

干电影这一行，其实应该说做任何一项事业，要是遇到好同事，工作也能变为乐趣。与灯光师林荣在一起，就是个最佳例子。

大家在戏院里看到一场街道的夜景，男女主角依偎着散步前来，这个镜头通常要花四五个小时的灯光设计，才能把完美的光与影营造出来。许鞍华以前拍的戏，有这么一个场面。我带了朋友去探班，林荣负责打光，只见他神情轻松，走过来打招呼，向我的友人风趣地自我介绍："我叫尊·荣。林荣太难记了。"

不消一个多小时，他已经把整条街的灯光搞好，对许小姐说："导演，得了。"

林荣的本事，是该亮的地方亮，该暗的地方暗，自然中增加美感，而不浪费地把夜景拍摄成白日画面。

他做事很快，快得有理由。一次拍一场日景，他把四支石英灯摆在一起照明，说："现实生活中只有一个太阳，光源也只有一个，何必东一支灯、西一支灯？"

电影的拍制，等待灯光的时间占去三分之二。导演和摄影师的事前功夫做得好，配上个优秀的灯光师，进展便很快。有了林荣，不但不必等，有时还被他东一句"得了"、西一句"得了"催促得团团乱转。

出国拍外景，更是林荣的拿手好戏，他日夜搏杀，当地的协助灯光组绝对赶不上他的节奏。事前他已铺路，自掏腰包请手下们大吃大喝；私人关系搞好了，大家对工作上的艰辛，也只有吞到肚子里去。我和他到过许多异乡，很佩服他的语言天才。每抵一地，他必先学几句俏皮话和关怀的字眼：前者用来引当地的女孩们哈哈大笑；后者在众人夜班拍得辛苦时运用，让人对他服服帖帖。

《沙漠枭雄》的弗雷迪·杨、占士邦[1]片集的亚伦·显斯等著名摄影师在中国香港拍戏时，林荣都跟过，他们无一不对他赞不绝口。我在英国遇到他们，皆向我说："代我问候尊·荣。"

林荣也有他严肃的一面。他说。"电影这一行显然已经干定了，为什么不将它干好？"

这一句话，其他行业也用得上。这种人才，才有资格叫作专业人才。

成龙：要让别人对你有信心

第一次见成龙，是在电影摄影棚里。一条古装街道，客栈、酒寮、丝绸店、药铺，各行摊档。铁匠在叮叮当当敲打，马车夫在呼呼喝喝，俨如走入另一个纪元，只是在天桥板上的几十万烛刺眼的灯光，提醒你是生活在今天。

李翰祥的电影，大家有爱憎的自由。一致公认的是他对布置的考究是花了心血的，并且，他对演员的要求很高，也是不可否认的。

---

[1]　占士邦一般指詹姆斯·邦德，《007》系列小说、电影的主角。——编者注

现在拍的是西门庆在追问郓哥的那一场戏，前者由杨群扮演，后者是个陌生的年轻人。大家奇怪，为什么让一个龙虎武师来演这么重的文戏？

"开麦了"，一声大喊，头上扎双髻的小郓哥和西门庆的对白都很精彩。一精彩，节奏要吻合，有些词相当难记，但是两人皆一遍就入脑，没有 NG 过。李导演满意地坐下："这小孩在朱牧的戏里演的店小二，给我印象很深，我知道他能把这场戏演好。怎么样，我的眼光不错吧？"

成龙当了"天皇巨星"以后，这段小插曲也跟着被人遗忘。

这次在西班牙拍外景，我们结了片缘，两人用的对白大多是英语。

为什么？成龙从前一句英语也不会讲，后来去美国拍戏用现场同步收看，又要上电视宣传，恶补了几个月英语，已能派上用场。回来后，他为了不让它生锈，一有机会就讲。

他说："我和威利① 也尽可能用英语交谈。"

"我们两人都是南洋腔，你不要学坏了哟。"我笑着说。

"是呀！你们一个从新加坡来，一个是马来西亚人，算是过江龙，就叫你们新马仔吧！"成龙幽了我们一默。

从故事的原意开始，成龙已参加。后来发展为大纲，分场、剧本、组织工作人员、看外景、拍摄，到现在进入尾声，已差不多半年，我们天天见面，认识也有一二。但是，要写成龙，却不知如何下笔，数据太

---

① "威利"，指 20 世纪 80 年代香港影坛繁荣时期著名经理人陈自强（Willie Chan），他曾是成龙的经纪人。——编者注

多，又挤不出文字，就把昨天到今晨，一共十几小时里所发生的事记录一下。

我们租了郊外的一间大古堡拍戏。成龙已经赶了几日夜班，所以他今天不开车，让同事阿坤帮他开。坐在车上，我们一路闲聊。

"你还记得李翰祥导演的那部古装片吗？"我忽然想起。

他笑着回答："当然，大概是十年前的事了吧？那时候我也不明白李导演为什么会找我。杨群、胡锦、王莱姐都是戏骨子，我也不知道哪来的勇气，只好跟着拼命啰！"

"大家看了《A 计划》后，都在谈那个由钟塔上掉下来的镜头。到底真实拍的时候有多高？"我问。

"五十几英尺，一点也不假。"他说，"其实也没有什么了不起，我们拍之前用一个和我身体重量一样的假人，穿破一层一层的帐幕丢下去。试了一次又一次，完全是计算好的。不过，等到正式拍的时候，由上面望下来，还是怕得要死。"

成龙并没有因为他的成名而丧失了那份率直和坦白。

到达古堡时天还没有黑，只见整个花园都停满了演职员的房车、大型巴士、发电机、化妆车。灯光器材、道具、服装等货车，少说也有数十辆。

当日下雨，满地泥泞，车子倒退和前进都很不容易。阿坤在那群交通工具中穿插后，把车子停下，然后要掉转车头。

成龙摇摇头："不，不。就停在这里好了。"

"为什么？"

阿坤不明白："掉了头后收工时方便出去呀！"

"我们前面那辆是什么车？"成龙反问。

"摄影机车嘛！"阿坤回答。

成龙道："现在外边下雨，水滴到灯泡会爆的，所以不能开灯。到了天黑，我们的车子对着它，万一助手要拿什么零件，可以帮他们用车头灯照明。"

阿坤和我都没有想到这一点，因为当时天还是亮着的。

进入古堡的大厅，长桌上陈设着拍戏用的晚餐，整整一只烤羊摆在中间，香喷喷的。饭盒子还没有到，大家肚子咕咕叫，但又不能去碰它，这就是电影。

镜头与镜头之间，有打光的空档，成龙没有离开现场。无聊了，他用手指蘸了白水，在玻璃杯上磨，越磨越快，发出嗡嗡的声音，其他初见此景的同事也好奇地学他磨杯口，嗡嗡巨响，传到远方。

叫他去休息一下，他说："我做导演的时候不喜欢演员离开现场。现在我自己当演员，想走，也不好意思。"

夜宵来了，他和洪金宝、元彪几个师兄弟一面听相声一面吃干饭。听到惹笑处，倒在地上爬不起来。

天亮，光线由窗口透进来，已经是收工的时间，大伙拖着疲倦的身子收拾衣服。我对他说："我开车跟你的车。"

"跟得上吗？我开得好快哟，不如坐我的车吧。"他说。

他叫阿坤坐后面，自己开。车上还有同事火星。火星刚考到驾照，很喜欢开车，成龙常让他过瘾，但今早他宁愿让别人休息。

火星不肯睡，直望公路。成龙说："要转弯的时候，踩一踩刹车，再放开，再踩，这样，车子自然会慢下来。要不然换三挡或二挡也可以拖它一拖，转弯绝对不能像你上次那样开那么快，记得啦！"

"学来干什么？"火星说。

　　"你知道我撞过多少次车吗？"成龙轻描淡写，"我只不过不要你重犯我的错误。"

　　成龙继续把许多开车的窍门说给火星听，火星一直点头。

　　"我们现在天时、地利、人和都在，所以我才讲这么多。有时，我想说几句，又怕人家说我多嘴，还是不开口为妙。"最后，他还是忍不住再来一句，"开车最主要的是让坐在你车子里的人对你有信心，他们才坐得舒服。其实，做人、做事都是这一道理，你说是不是？"

老帅杨志卿：喝酒的老师

　　杨志卿先生和我在日本拍《金燕子》外景时相识。他很喜欢喝酒，脸和鼻子永远是红的。喝呀，喝呀，觉也不用睡了，第二天照样开工，好像铁打的。大家叫他老帅。

　　住的是榻榻米的大房，中间由纸门隔开。他拿了一瓶日本清酒，1.8升，一道门一道门地打开找我，我一间屋一间屋地躲开，结果还是很乐意地被他逮住。他是喝酒的老师，教我说："喝酒，只要有三杯白兰地的量，就能打倒对方。比方说在喜宴上，和不相识的人同桌，遇到喜欢闹酒的是件麻烦的事。一般人起初都让来让去。虽然他们的酒量好，但是总不肯一开始就喝。如果有这种情形，最好是先倒满一杯，'呱'的一声一口把它喝干了，先来个下马威。接着，你一下把酒瓶抢过来，为自己倒满。他们一看，就再也不敢来逗你了！"

戏拍完后大家回去，我留在日本，过了一段时间我才路过中国香港。其他人都忙着本身的工作，没空陪我。听说老帅因为喝得太多而脚患风湿，在家休养。以为没有时间见面，但他还是一拐一拐地找到酒店来看我，手捧着两罐茶叶，这个印象，我一直留在脑海。

后来住中国香港，岳华经常约他和我喝酒，他告诉了我们许多影坛中的趣事，大家听得津津有味。他说话声音洪亮清楚，这是以前演话剧的时候训练出来的。他说："那时，我们一上台，看一看观众，就要想办法把对白说到角落里的人都能听见。"

每年演职员聚会，老帅都参加筹办。一次，他的小儿子从楼梯摔下来死了，家人打电话给他，他还是将大会安排妥，第二天才去办丧事。

他有几个喝酒的老伙伴，吃晚饭时一人拿一瓶"白干"放在自己的面前，你喝你的，我喝我的。酒后，喜欢对对句子找乐。

冈崎宏三：与其拍二流电影，不如拍纪录片

遇到日本首席摄影师之一的冈崎宏三，他拍过西德尼·波拉克的《龙吟虎啸江湖客》，相信大家对他都熟悉，另一部日本片《御用金》也给观众留下了深刻的印象。

冈崎人矮小，略胖，喜欢戴个鸭舌帽，人很友善。我问他："打光这个问题很微妙，一般摄影师都是四面八方地打得完美，但现实生活中的光源，只有一个太阳或一个月亮，拍摄时为什么不把几支灯摆在一个

方向一齐照过来，当成一个光源？"

"是呀，我也喜欢这样打光。"冈崎同意，"不过，东方人的脸较扁平，用这种方法打光的角度最好是时钟上的 2 点 10 分。要是用 12 点整的角度打光，洋人还可以看，东方人就变成一块大饼干了。"

日本电影没落，冈崎说："我去英国博物馆拍了三个月纪录片，学到的东西真多。人们都不了解什么叫纪录片，以为只是真实地记录下来，其实记录一件艺术品，要拍得比用肉眼看到的还要精彩、多面，才是真正的纪录片。与其拍二流电影，不如拍纪录片比较过瘾！"

他们一群人经过此地，要到其他地方拍外景。我看不到他们的制片人，问他在哪里。

冈崎说，制片人在算账。我说制片人不决定大原则，去算什么账？那制片人不是制片人，是演员了。冈崎点头说："有的制片人，演技比演员还要好。"

我问他与外国名导演合作有何感想，60 多岁的冈崎，人生经验丰富，不太得罪人，只是说："我发现他们都很古怪！"

"导演不古怪便不算是导演。"我说。

"对，对，"冈崎道，"不古怪的导演不是导演，是政治家，是财政部长！"

同座有个叫小泉尧史的，是黑泽明的副导演。我见他只字不发，逗他说话，问他："你和黑泽明拍过《影武者》，你说他古怪不古怪？"

"我觉得他没什么古怪呀！"小泉答。

冈崎听后嘻嘻笑，对小泉说："如果你觉得黑泽明是普通的话，那你自己就古怪了！"

片冈千惠藏：有效率地将收入花光

早期的日本电影，多是打打杀杀。东映公司专门拍此类片起家，他们的当家小生是片冈千惠藏。

片冈给观众印象最深的是扮演《血樱判官》中的角色。助弱除奸，到最后一场大杀之前，总把和服脱在右手一边，露出文身裸肩，向敌人说："你忘记了樱花吹雪吗？"然后将他们的血洒满白地。

这位 79 岁的演员去世了，他拍了 60 年的戏，主演过 322 部电影。与他相熟的人说："从来没有看过一个这么有效率地将收入花光的人。"

不过，他的资金投资在地产、油站的数量连他自己都数不清。他喜欢吃面，开了许多面店。死后，有人传说他已生活萧条，和餐厅老板娘情妇住在名古屋。他本来爱京都，想葬在那里，但还是被安排葬在名古屋。没有人送花，也没有明星来祭拜。除了情妇，四个儿子分别是银行家、日航的机师、餐馆老板和兽医，大家都在争他或有或无的遗产，他的老婆只有一句话："不能原谅我的丈夫。"

他拍过的作品有许多是大导演编导的，如他创立的"千惠藏制作公司"的第一部戏便请了响当当的稻垣浩。其他与片冈合作过的有伊丹万作、伊藤大辅、中山贞，等等，拍了《赤西蛎太》《忠臣藏》《宫本武藏》《国定忠治》等。

对于他年轻时演的主角戏，他说都不懂得自己在干什么。到了拍内田吐梦导演的《血枪富士》时，内田要把最后一场大打戏拍 600 英尺，有六分半钟那么多。片冈倚老卖老，不肯拍那么长，说现在的观众不喜欢看太长的打斗场面。在日本，导演还是最后的胜利者。照导演的意思拍了，片冈才发觉内田把剧情和气氛融入了打斗中，才知道导演的功力。他去世前还说："到现在还有导演只靠一味打，和 60 年前一模一样。"

胜新太郎：对角色下了不少苦功

记得那个演盲侠的胜新太郎吗？他在名成利就的时候，开了一家"胜制作公司"，自己做老板。

"胜"公司拍了许多电视片集，连他的老招牌盲侠也搬出来，固然不是什么艺片，但胜新太郎要求极高，灯光和摄影都要有电影的水平，这是荧光幕的制作时间和经费所不允许的。拍呀拍，公司的钱被他拍个精光，他又喜欢狂饮，大手笔地在酒家花钱。不久，他的公司便负债累累，终于宣布破产。

最近的消息是"胜制作公司"又开始拍片，由他的老婆中村玉绪做老板，中村之父是著名的演员，她自己亦演过不少主角戏，非常能干，希望她将公司起死回生。

胜新太郎本身受的打击很重，除公司外，他本来被邀演《影武者》，但对自己的演技太过自信，每天和黑泽明冲突，黑泽明在日本电影界的外号为"天皇"，当然把他换掉。说实话，仲代达矢演的将军固然天衣无缝，但扮替身的戏，就不如胜新太郎演得那么讨好，胜会将比较轻松的一面演活，仲代就嫌太严肃而放不开了。

胜新太郎至今的代表作还是只有盲侠。这个角色他很深入地去研究，如盲人过桥时小心翼翼，走到一半知道行，便死命地飞奔到彼岸，以防跌入河中。肚子饿时吃饭吃到满脸是饭粒等，都极生活化。

看盲侠片时，你可以观察人家替他倒酒，他举杯去接，但用食指点住杯口，酒一倒满，他马上知道，说声谢谢；为人添酒时，则将酒瓶提高，听清楚酒倒入对方杯中的声音，一满，即停。

他对角色下了不少苦功，连按摩技术也是依照古法。

破产后，他到各地小码头去演唱，能赚多少就还多少，是个有信用的人。

他一生最爱的是他的女儿。他的女儿学会讲英语，但在日本少有机会练习。他自从认识了我，常三更半夜打长途电话来，我以为有何重要事，但他只是叫他女儿和我讲几句英语，他听了乐极，哈哈大笑。

助手：牵一发而动全身

在日本拍戏，最后一个镜头是一列火车冲着镜头来，奔驰而去。

我们打听好火车前来的时间，摄影师摆好角度，就在轨道旁等待。太阳很大，预防把光线也拍入，摄影助手在镜头前安好一块铁片遮挡。轰轰隆隆，火车由远处出现，摄影师挟着摇动机器的铁棍待机，导演一喊，开始拍摄。火车经过，摄影师跟踪摆动镜头。这一刹那，挡光线的那块铁板的螺丝忽然松了，咔嚓一声，掉在镜头前，遮住视线。这次的拍摄泡了汤。

摄影师黑着脸，一言不发，慢慢地将那摇动机器的铁棍拆下，用力往助手的头上"咔"的一声敲去。助手差一点昏倒。

"下一班火车，要到四个钟头后才到，那时要是没太阳或者下雨，便要多拍一天。我们一大堆人又吃又住，要花公司多少钱，你知道不知道？"助手低头道歉。摄影师拍拍他的肩膀："好好干，我头上的包，不知要多你多少！"

黑泽明：只想拍对得起观众的电影

黑泽明的电影，很适合外国人看，将之改编为西片的有《罗生门》和《七武士》等，后者的大侠锄奸扶弱题材，更成为电影电视剧本的主要公式，变幻出数不尽的片子片集。

外国人改他的东西，他改外国人的戏。《蜘蛛巢城记》就是改编自莎士比亚的《麦克贝夫》[①]。片中有一场用箭射死男主角的戏，他叫了全国的神箭手到片场，射出真家伙。三船敏郎虽然穿着防身甲，但脸部不能遮掩，把他吓得流尿，可见导演对戏的要求高，拍出来果然有魄力。

不过，日本人似乎不太欣赏黑泽明，可能是他的国际味道重。当年

---

① 《麦克贝夫》，多译为《麦克白》。——编者注

在日本，逢纯日本化的巨匠沟口健二去世，读《朝日新闻》，有一段，"黑泽明死了，我们还有第二个，失去沟口，再也找不回来"的报道。黑泽明听了该多伤心。

黑泽明常淡淡地说："我并非什么完美主义者，只想拍对得起观众的电影。"

《恶人睡得更安宁》影片的男主角很像哈姆雷特，他是一个有野心的青年，为了报父仇，不惜与敌人的大企业家为伍，并娶了他跛脚的女儿，凭借此势力，他将仇人一个个消灭。他的唯一缺点是对妻子发生了真正的感情，正当他要杀死企业家的时候，他的妻子为了救父而出卖了他，结果自己死在企业家手中。孤零零的老婆，不但是脚部残疾，连内心也残疾了。

在片中，恶人得到最后的胜利，好人的死亡是因为他对人类的感情，有爱。黑泽明的艺术成就便是动人地把这反面的悲剧概念告诉观众。不过，这太难被一般人接受了，他只有用娱乐性丰富的手法和技巧去推销。

年轻气盛，龙潭虎穴也要闯一闯

刚到日本的时候，是个年轻小伙子。当时的工作是为一间机构买日本电影在东南亚放映。我上任的第一天，就接到日活、东宝、松竹、东映和大映五大公司的外国部长之联合请帖，邀我吃晚饭。

前一任的驻日本经理是位好好先生，他在办移交手续时已经警告过我这一餐难吃极了。

我问："菜不好吗？"

"第一流的。"他答道，"不过，日本人做生意的手段真不简单，要是你在这一晚上喝醉了出丑，那以后要杀他们的价，怎么开得了口？"

我的心里马上起了一个疙瘩。

我的天，这可阴毒得很。但是年轻气盛，什么龙潭虎穴都要闯一闯。如果不去，也扯不下脸来。

"他们是怎样的一种人？"我问。

"和他们公司拍的片子一样。"他解释，"松竹多拍文艺爱情片，那公司的外国部长做人较为纯厚，酒量最差；东宝的戏，喜剧和人情味的电影居多，做人也大派，很幽默，还可以喝几杯；大映注重古装片，刻板一点，但能量不小；日活以时装动作片为主，极会喝酒；东映什么片子都拍，最抓不住它的个性，但听同行人说，它的外交部长从来没有醉过。"

"好，我有数。"嘴上虽那么讲，可是这五个人联合起来，便会变成一只恐怖的怪兽，该怎么对付，我一点主意也没有。

听老人家说，绝对不能空肚子去喝酒，否则一定先吃亏。当天下午，赴宴之前，我跑到一家中国餐馆，叫了一碗东坡肉，吃他三大片肥肉。再洗一个热水澡，换好西装领带，检查一下袜子有没有破洞，便走出门。

前往约定地点要换两次电车，进门之前，又检查了一下袜子有没有破洞。

大门打开，已有数名侍女相迎，我报出姓名，她们客气地带我走过一个小庭园，到达主屋，拉开扇门。侍女为我脱下鞋子，指向二楼。

一条擦得发亮的木楼梯，光光滑滑。我明白他们要看我醉后由楼上滚下来。

上了楼梯，走入大房，五大公司的部长们已经坐在那房间里等候。

他们请我上座，我也不客气。各人寒暄了一会儿，东映的代表拍拍掌，叫侍女上菜。当晚吃的是"怀石料理"。中看，但吃不饱。

来了六个酒女，每个服侍一人。

五人说今晚庆祝我们的友好，不醉不散，我微笑答谢，各敬一杯。

心想是不是趁他们没有吃东西的时候，先下手为强，让他们多喝一点呢？

东映抢着来个下马威，他说："我们日本人习惯空肚子喝，菜只是送酒，最后才吃白饭。蔡先生要不要先吃饱？哈，哈，哈。"

我摇摇头："在罗马，做罗马人做的事，这里是东京。"

日本人饮酒，只是为对方添酒，不主动地为自己添。别人敬酒，礼貌上要将杯子提高相迎。我的杯子一空，即刻有人拿酒瓶来敬，不给我停下的机会。

以为松竹的那位绅士酒量不好，哪晓得此君喝了几小瓶，还是面不改色。我真怀疑上一任的人给我的情报有没有错误。后来听到他在打嗝，才知道这家伙也是吃了东西，有备而来的。

知道这样喝下去我迟早会完蛋，必须改变策略。

"不如喝韩国式的酒吧！"

什么是韩国式的呢？我说明："那便是我先干杯，把空杯子献给尊敬的人。这个人干了，再把杯子还给我，我再喝完，才能把杯子给人家。不然，就是没有礼貌。"

他们心里一想：这个笨蛋，还是我们五个都敬他，我们只喝一杯，他却要连喝五杯。

各人都拍手叫好。每一个人干后即把空杯子传了过来，我喝完后并没有把杯子分别还给他们，一个个地摆在松竹代表的面前，连我自己的，一共六杯。松竹只好灌下去，连来两三轮，他摇摇晃晃地倒下。好了，先杀一名。

"不，不，不。这种韩国的饮酒方法不好。"东宝说。

"那不如改大杯喝吧。"我回答。

他犹豫了一下，点头。

我知道他们除了啤酒之外，不大灌大杯的清酒，我喝惯白兰地，轻易地连敬他三杯。东宝便呆在那里，自称醉、醉、醉。

其他三人酒量都很好，又习惯饮清酒。我建议换洋酒，他们都赞同，各人干一大杯后，我把酒瓶抢过来，自己往自己的酒杯里倒了一大杯，不等他们敬，一口气喝下。这一招散手是老师父教下，使来先令敌人震惊的。大映已心怯，又不惯掺酒来喝，又干一杯后也便横卧下来。

坐在我身边的那白脸艺妓对我有母性的同情心，一直问长问短说要不要紧。

我对她摇头示意已支撑不住。

日活那个大胖子也已有醉意，但还是不倒，我们又互敬了一大杯。

侧过头去，白脸艺妓已经为我倒了一杯颜色似酒的煎茶，我一拿上桌面，向大胖子碰一碰杯，一口气干得一滴不剩。

大胖子已怀疑有诈，但苦无证据，只好喝光他那一杯，但还是唠唠叨叨地抗议我那杯酒到底有没有做过手脚。

我装成生气，抓瓶子再各倒满满的一杯，大声喝："干！"

灌下那一杯。他终于呼呼大睡。

我站起来走到洗手间，将含在嘴里的那一大口酒吐掉。

走出来时看到最后的东映代表也要进厕所小便，发觉他坐着喝毫不动声色，但一走起路来便气喘如牛。

他一回来，我叫白脸艺妓抓他跳舞。她了解我的意图，抱着东映团团地转了几圈。东映坐下，已觉头晕。他忽然向我说道：不如回家吧！我赞成。

两人蹒跚地走到楼梯口，"今晚多谢了。"说完大力在他背上一拍。

东映像个足球，直滚下楼梯，全军覆没。

我称赞白脸艺妓是我一生中仅看到的美女，死命搂着她的肩膀，走下那光滑的楼梯。

回家后抱厕大吐，黄水也呕出来。只是没有给人看到。

抵抗时差的影子好友

我们电影的男主角，驾着一辆小型巴士，停下后一按键，伸出桌子椅子，各式餐具俱全，变成个小餐厅。

戏里所用的汽车，由一家日本公司赞助，他们得到宣传，我们有免费道具，何乐不为？

这家公司答应在上个月 20 号把两辆车交给我们改装，但日子到了，汽车仍见不到影子，真是急死人。

当晚，接东京电话，是负责供应此片所用汽车的经理打来的。我将汽车迟到会发生许多摄影上的困难的理由告诉他。这个人似乎很了解，我们虽然没有见过面，但好像已经有了沟通。他把他的苦处也说得很清楚：西班牙进口日本车有问题，他会尽量想办法解决。

做生意，常口说无凭，我建议以后通电报，让大家有个记录，他赞成，说："费用由我们公司付，请尽管打来。"

这句话我最听得进去，以前打电报，必经三次修改原稿，以省字数和时间，这次既然可以自由发挥，实在是乐事。反正，他们公司也可以报营业税，日本政府付钱，大可放肆。

翌日，我接到他的电报："谢谢你。这次谈话真愉快。我已想到办法，由瑞士租车公司租赁两辆车给你，可避免麻烦的进口税务问题。请与苏立克的租车机构冒克利先生联络，他的电报是79934。不然，可以找他的同伴舒尔德，或他的伙计荷夫曼。电话是……"谈完，我马上找这三个人，哪知都是他们的秘书听的电话，三个家伙放大假，跑个无影无踪。

回电称："能听到西班牙话以外的语音，也是件乐事。你说的三个人在放假，全欧洲的人都去滑雪了。他们都疯了，只有你我在工作，怎么办？"

电报机即刻劳动："啊，真羡慕他们的悠闲。我们命真苦。请与我们日内瓦的代理商联络，名叫海曼，电报和电话是……"

哪知海曼也在放假，只有再打电报："找不到海曼，你快点搞妥车子的事，要不然损失惨重，只好告你们公司赔偿。"

复电是："请别那么凶狠，有事慢慢谈。我会替你联络瑞士，叫他们打电话给你，请耐心等待。"

又是一个周末，没有车子的下落，我火了，追发一个电报。

"已经联络上租车公司的冒克利，他们说要你去签字才行，请再等几天，让他们有时间把手续准备好。"他回答。

听到有点头绪，又到电报机前："租几辆车哪里需要几天手续的准备？又不是租飞机。我乘第一班班机到苏立克，请叫冒克利在机场等我，我的班机号码是……"

"请等一等，请等一等……"电报机不停地传来。

我已经买好了机票，请公司的职员代打电报："中国谚语：打铁趁热。太迟了，我已进入机场闸口。"到了苏立克，冒克利果然在机场等我。我劈头第一句话："为什么你叫东京打电报来要我等，有什么困难？"

冒克利说："租四个月的车子金额太大，我要问过信用卡公司才能证实你的信用卡有没有问题。"

早知道有这么一招。我掏出美金现钞，冒克利呆住了。

我问道："这总行得通吧？"

那瑞士人即刻点头。

我把事情解决掉，飞回巴塞罗那。车子，将会由瑞士司机经法国开到西班牙给我们。

电报机动："好家伙，做事果然棘手。"

"废话少说，请派人送还美金。"我回复。

但是，法国的货车司机大罢工，把边境塞住。瑞士司机无法把车子送到，我又急得团团乱转。

"哈哈哈。日本谚语：人算不如天算。"东京的电报传来。

我回电报给他："那是中国谚语，不是日本谚语。真不要脸。你还能笑得出？快点想办法解决问题！"

"对不起。"复电即到，好像很小声。

又是一个周末，我知道什么事都办不了，在欧洲和日本，大家都休假，只好对着电报机，一个字一个字慢慢打，希望对方星期一收到："不如你自己来一趟，我想见见你。"

惊奇地看到电报机在自动打出字来，原来这家伙周末也上班："感情是共通的。但是，工作把我的腰压弯了。我很同情你的处境，欧洲人办事是慢半拍。这样吧，我叫我们伦敦的代表三田小姐去协助你。"

回到电报机："谢谢你。三田小姐已经来电话，虽然我们能讲相同的语言，但是她的话我一句都听不懂。很抱歉，我向她咆哮。要是你是我，你也会做同样的事。"

正想穿御寒衣服由办公室回公寓的时候，电报机又跳出字来："三田被你吓死了。她现在答应礼拜一早上的飞机到达。其实，她人不错，你见到了会喜欢她的。她是我派去的得力助手。"

反正回公寓也没事做，就死对着电报机："听她的声音，好像很老。"

"中年。"电报答复："和我一样。你呢？"

"也是。又哀又乐。早点睡吧。"我不等回复，决定回去休息。

这一段电报的交往，我发现我们都尽量避免影响对方的睡眠时间。

有了时差，两边一早一晚，我们总是先牺牲自己的休息。

星期一，两辆小型巴士到达，多给了一部房车，另加两部漂亮的跑车，全免费。

忆藤本：请快一点，还有其他人在等

东宝制作公司的社长藤本真澄，中国电影圈里大概还有些人记得他。

很久以前他常来中国香港拍《社长》电影片集。后来，他也曾力捧尤敏成为日本影坛的红星。宝田明、加山雄三等都由他一手提拔成，但是，比起他监制黑泽明的影片，这些都不值一提。

黑泽明在日本，也只有藤本敢和他吵架，刺激他拍《用心捧》《椿三十郎》等较商业性的片子。他们分分合合，到最后还是好朋友。

藤本是一个大胖子，戴着一副厚玻璃眼镜，几个圈子后面，闪耀着两颗敏感的小眼睛。他讲话声音又大又沙哑，给人家的印象是性子又急又火爆。日本电影圈里有什么鸡尾酒会的话，只要听到有人在呱呱大叫，大家就知道藤本已经来了。因为他资历深，影坛中人都对他敬畏，他更觉威风。

就在这样的一次聚会中，我第一次遇到藤本，他像一只蛮牛一样推开人群跑到我面前，说："君，你新上任，应该多买我们公司的片子！"

当时我任一家机构的日本分公司经理，只有20出头，血气方刚，不喜欢他那嚣张的态度，但还是强忍下来，不卑不亢地回答说："君，这个称呼是年纪大的人对比他们小的人用的。我比你年轻，本来你可以这么叫我。但是，我代表的公司买你们的电影，顾客至上，你应该明白，藤本君。"

他一下子呆住，不知怎么接口。

"以后，我还是叫你Fujimoto-San，你叫我Chai-San，如何？"我说完伸出手来。

藤本本来沉住脸，但是忽然放声大笑，说："好小子，就这么办吧！"

后来，我发觉他的个性一如其名，真澄，又很孝顺。红得发紫的女明星新珠二千代和他有段情，因为他母亲反对，弄得终生不娶。藤本解释他的性子为什么那么急："我在德国的时候，乘火车看到厕所的一个牌子写着：请快一点，还有其他人在等。以后这成为我的哲学，做什么事都要快！"

藤本真澄带我去银座的一家寿司店，它的特征是门口挂了一个极大的红灯笼。

一进去，发觉店子很小，客人围绕着柜台而坐，再也没有其他的桌椅，只能服务十个八个。更奇怪的是，它的柜台没有玻璃格子，看不到鱼或贝类。

大师傅向藤本打招呼，两人如多年的老友交谈，我插不上嘴，便先喝清酒。酒比其他地方的干涩，但很香浓，藤本说是为这家店特酿的。

心中在嘀咕不知要叫什么东西吃时，大师傅捏呀捏呀，炮制了两个小饭团，只有通常吃的半个之大，一个上面铺着一片鱼，另一个是一片象拔蚌。

我伸手把后者拿了蘸酱油吃下，真是以贝类为主，等到你认为单调的时候，大师傅又在中间穿插上一两片鱼类的寿司。每一次捏出来的东西，都和前一次的味道不同。

"来这里的客人，从来不用开口，大师傅会观察你的喜爱。一出声便是老土了。"藤本低声地告诉我，"他们先从鱼类和贝类分开，再试看你要淡味还是浓郁的，一直分析下去。只要你来过一次，大师傅便会将你的口味记住，所以这里不用将食物摆出来让客人点。你表现得很好，没有出洋相。"

"东洋相。"我修正道。

　　藤本大笑，继续和大师傅聊天。

　　吃了好些生东西，正想要有点变化时，大师傅挖了一个大鲍鱼，切下两小片扔入一个小钢锅，倒入清酒，在猛火上烧，又摆在我面前，肉是半生半烤焦，入口即化。

　　接着，我想喝汤来汤，想吃泡菜来泡菜；倒最后一滴时，新的酒瓶又捧来。

　　好家伙，什么都被他猜透了。

　　最妙的是，他们还能注意到客人的食量，没有说吃不够，或者是吃剩一块的。当然，价钱是全日本最贵的一家。

　　以人头计，一走进这家店，吃多吃少都要付巨款，但是走出来的人，从来没有一个呼冤叫枉。

　　我也是个急性子的人，藤本和我一老一少，什么事都很谈得来。他每次去外国经过中国香港，一定来找我，因为他知道我和他一样好吃，会带他去新发现的好菜馆。他对我还算客气，要是他和他的下属吃饭，自己的肚子一饱就推开筷子和汤匙，扔下钱马上上路。

　　藤本的酒量惊人，不消一个半小时，我们一喝就是两瓶威士忌。大醉后，他常告诉我一些趣事。

　　当黑泽明在莫斯科拍《德尔苏·乌扎拉》的时候，藤本老远地跑到莫斯科去探班，两人一起到一间高级餐馆。

　　在那冰天雪地的地方，黑泽明已经好几个月没有吃到新鲜蔬菜了，晚上看到菜单上有包心菜，不相信自己的眼睛，叫侍者来问，侍者点头，黑泽明大喜。

　　两人各叫一份包心菜，便耐心地等待，不到三分钟即刻上桌，原来侍者捧来的是两罐罐头，噗的一声倒在碟上，这就是莫斯科的蔬菜，把黑泽明气个半死。

"还有一件更气人的事！"黑泽明告诉藤本。

"怎么啦？"藤本问道。

"有一次，我睡不着，跑到外面去喝伏特加，三更半夜才回酒店。第二天，我睡得不够，头痛得不得了，就打个电话给有关单位，说我感冒了，人不舒服，不拍戏。"黑泽明叹了一口气，"唉，哪晓得他们看穿了我的西洋镜，骂我是喝醉了诈病！"

"他们怎么知道？"藤本问。

黑泽明摇摇头："旅馆的每一层都有一个负责打扫的老太婆，她们都是间谍呀！"

我患了眼疾，到东京去的时候，藤本亲自带我去找他的眼科医生治疗，又给我介绍另一个吃生鱼的铺子，我从来没有试过那么好的刺身。

晚年，他的声音越来越沙哑，检查后才知道患的是食道癌。

我送了燕窝和人参，但已无效。

他去世时我本想去参加葬礼，但俗事缠身走不开，心中十分难过。

日本设有藤本真澄奖，颁给最优秀的制片人。

大岛渚：当然大丈夫

1983 年，中国香港金像奖请大岛渚为嘉宾，我当翻译。

到了机场，各记者们只收到一份主办当局对此届金像奖的新闻稿，而对特别请来的国际闻名导演没有一点资料，我即刻将我所知的关于大岛渚的过去作品，与未来计划详细地向大家报告。

大岛抵达后进入记者室，我将问题一一翻译。至少，可说还是辞能达意。记者们和大岛渚有了沟通。

随即，"亚洲电视"有一个访谈节目，什么名字我忘记了，他们要我帮忙，这是没有打在预算之内的，我也当成额外花红，欣然答应。

编导对大岛的背景很熟悉，提的问题又有重点，我们很快便做完这个节目。

往酒店的途中，大岛告诉我："这年轻人的发问，知识含量很高，我感到高兴。希望能够和他多谈谈。"

酒店的会议室里，舒淇、金炳兴、黎杰、加思雅、徐克、刘成汉、李焯桃等围着大岛，讨论了许多创作的过程和导演们共有的难题，气氛十分融洽。

电梯里，大岛说："你看，中国香港的电影人多年轻，我很嫉妒，但是，也可以说，我很羡慕他们。"

再赶到会堂，我们要到现场一看，但被引入贵宾室的鸡尾酒会，大岛和我皆好杯中物，虽然只有水果酒，口渴了半天，也已垂涎。正要冲向前牛饮，即有人拉我们去彩排。

我即刻向大岛很严肃地说："工作要紧！"

日本人对这句话最听得进去，大岛马上大点其头，嗨嗨有声。

大岛紧张地问："编导要我做什么？"

我说："工作人员自然会告诉我们，请你不用急。"

被带到后台，貌美可亲的一位小姐把程序说明，又叫大岛等门一开，就走下去。

看到那倾斜度很高的塑料梯阶，大岛心里发毛，转头对着我：“是不是大丈夫？是不是大丈夫？”

大丈夫的日文意思和中文的意思差得很远，翻译为：“不要紧吧？不要紧吧？”

我说：“当然大丈夫，我们拍外景什么山都爬过，这点小意思大丈夫。”

大岛觉得有理，又大点其头，嗨嗨有声。

工作人员叫我们看着指导荧光幕，出现什么片段，就叫出提名者是什么公司出品。大岛说中国片名读不出，而且大部分片子没有看过，嘱我喊片名，我一想也有理，但坚持他要读出得奖者。

他说：“我不知道是哪一部得奖，到时看了三四个汉字，也很难念。”

“讲英语好了，看到第一个字是投，就用英语叫 Boat People[①]。”我说。

“你怎么知道一定是它？”大岛问。

“这部片不得奖天公就没有眼睛，相信我，我的猜测不会有差错！”我回答说：“不然，就赌五块。”

大岛心算，五元港币还不到两百日元，便懒得睬我。

老友倪匡和黄霑相继来到，又有美女钟楚红助阵，相谈甚欢，大岛神态安详，是我所见过的最有风度的日本导演之一。

第一个出场的是陈立品，我把她的功绩说明，大岛渚很赞赏大会的安排，认为品位很高。大力鼓掌。

---

① Boat People，这里指许鞍华执导的影片《投奔怒海》。——编者注

慢慢地，他开始打呵欠。担心如何提高他的兴趣的时候，忽然，一阵香味传来。

追索来源，原来是坐在我们后一排的倪匡兄打开他的私货三号白兰地，正在猛饮。

我向他瞪了一眼，倪匡兄只好慷慨地把瓶子递过来，我也识趣，只饮一小口，然后向大岛示意。

道貌岸然的大岛一手将瓶子抢过去，大口吞下，速度惊人。

倪匡兄看了大笑，要我翻译道："喝酒的人，必是好人！"

大岛即又点头嗨嗨。

跟着看了一会儿，大岛的眼皮开始有一点重了。他转过头去，不管倪匡兄会不会日语，说："我上一部戏圣诞快乐，罗伦斯先生的编剧也好此道。我们两人一早工作，桌上一定摆一瓶酒。到了傍晚，大家都笑个不停。我相信到中国香港来写剧本的时候，一定会和你合作愉快！"

我把他的话翻译给倪匡兄听，他也学大岛点头嗨嗨不迭。

轮到我们上台，在等门开走出的时候，我建议："不如你把要讲的话说一遍，让我们先对一对好不好。"

"好，我说这是第二次来中国香港，亲眼见到了香港的繁荣。香港电影的工作者都很年轻，我看到一股强烈的朝气，愿这金像奖带给大家更多的鼓励！"

我自己在脑里翻译一遍，点头嗨嗨。

出场后，大岛一开口，全不一样，尤其后来他看到果然是《投奔怒海》，大为兴奋，直赞许鞍华，给我来一个措手不及。

好家伙，既来之，则安之，我也兵来将挡地乱翻译一番，好在没有大错。

散场后，主办人安排我们去高级餐馆吃饭，由李焯桃兄陪伴。

我们抵达时还能够在电视上看到颁奖典礼的最后一段。大岛说："噢，原来不是直播，时间比现场慢，这样太好了，编导有充分的时间将闷场的地方剪去，我们日本的电视节目很少有这种机会！都是现场立刻转播。"

同桌的有许鞍华、徐克、施南生、岑建勋和刘天兰，以及《亚洲周报》的一对记者。

施南生坐在大岛的旁边，大家都知道她幽默感强，是位开心果。

不出所料，引得大岛一直哈哈大笑。

我心想你等会儿试试施南生的酒量，才知道更是女人中的女人。

果然，施小姐开始她的猛烈攻击，不停地敬酒，但是大岛一杯又一杯，点头嗨嗨，没有醉意。

有人问大岛是不是头一趟来中国香港，他开怀地说："第二次了。1965年来过，当时计划去越南拍一部纪录片，只能在中国香港等签证，住了一个礼拜。战争正如火如荼，不知道去了有没有命回来，就先大享受一番，每晚在酒店中锯牛扒！"

我们都不相信："哪只有锯牛扒那么简单？"

大岛又畅笑。

饭局完毕，直驱往荷东的士高①。

主办者在那儿开派对欢迎我们。大岛初尝特奇拉酒，感到很有兴趣，喝了多杯。

---

① 的士高，即"迪斯科"；"荷东"，是一家大型迪斯科舞厅。——编者注

当晚，大岛很清醒地说要早走，我送他到旅馆。

他再三地道谢。向我说："蔡澜，以后你在日本颁奖，由我来做翻译！"

我们大乐而别。

倪匡的演员时代

倪匡的生命中，有许多时代。像毕加索的蓝颜色时代、粉红颜色时代，倪匡有木匠时代、Hi-Fi 时代、金鱼时代、贝壳时代和移民时代。

每一个时代，他都玩得尽心尽力，成为专家为止。但是，一个时代结束，就从不回头；所收集的，也一件不留。这是他的个性。他的贝壳时代，曾有多篇论文寄到国际贝壳学会，受国际专家的赞许，他本人收集的稀少贝壳，要是留下一两个，到现在也价值连城，但他笑嘻嘻地，一点也不觉得可惜。

倪匡的种种时代我没有亲身涉及，只能道听途说，但是他的演员时代是由我启发的，在这一方面我还有些权威，可以发表一点独家数据。

有多方面才能的倪匡，电影剧本写得多，为什么不当演员呢？反正他有一副激情有趣的面孔，叫他当演员，是理所当然的事。

数年前，我监制了一部商业电影叫《卫斯理与原振侠》，由周润发演卫斯理，钱小豪扮原振侠，张曼玉演原振侠的女朋友。内容没什么好谈的，商业电影嘛，只要包装得好就是了，不过由周润发来演卫斯理，倒是最卫斯理的卫斯理了。

言归正传，我想起常和亦舒开玩笑时说，外国人写小说，开始的时候一定是：这是一个又黑暗，又是狂风暴雨的晚上……连《花生漫画》的史努比也这么开头，我让《卫斯理与原振侠》也以一个又黑暗，又是狂风暴雨的晚上开始……

布置是一个豪华的客厅，人物都穿着"踢死兔"①在火炉旁边谈天，外面风雨交加。

贵宾有周润发、钱小豪，少不了原作者，由倪匡扮演自己，最适当不过了。当年倪匡从来没有上过镜，是个绰头②。但要说服他演戏，总得下一番功夫。

在电话上说明后，他一口拒绝。但我说借的外景地是中国香港最高贵的会所大厅，而且……而且……他即刻追问："而且什么？"

我说而且还有多名美女，喝的酒是真材实料的路易十三。倪匡即刻答应。我打蛇随棍上，称要穿晚礼服的。

"我才不穿什么'踢死兔'！"倪匡说："长袍马褂好了。"

那种气派的场面，怎能跳出一个长袍马褂的中古人？我大叫不不不。第二天就强迫他去买戏服。

在这之前，我叫制片人打电话给代理商。路易十三的空头支票一开，到时没有实物交代不过去。好在代理商大方，赞助了半打。

我们在置地广场的各家名牌店中，替他选了白衬衫、黑石衫扣腰

---

① "踢死兔"，英文 tuxedo 的音译，一种男士礼服。——编者注

② 粤语，噱头。——编者注

带、袖扣和发亮的皮鞋。但就是买不到一件合他的身材的晚礼服。

倪匡长得又胖又矮，在喇叭裤脚一截，就变得不喇叭了。

最后只有到连卡佛（Lane Crawford），试了十几套，到最后店员好歹在货仓底中找出了一件，试穿之后，意外地合身，倪匡拍额称幸，问店员说怎能找出那么合身的东西？店员也很老实，"哦，我想起了，是一个明星七改八改之后订下，结果他没来拿。他好像姓曾的，对了，叫曾志伟。"

倪匡听了一头乌云，不出声地走出来，我们几人笑得跌在地上，后来才追着跟出去。经过史丹利街的眼镜店，我看到倪匡戴的黑框方形眼镜，一点也没有作家的形象，就把他拉进去。

我选了一副披头士乐队约翰·侬常戴的圆形眼镜，叫他一试。

"这么小，会不会显得眼睛更小？"他犹豫。

"不是更小，是根本看不见。"我心里想说，但说不出口。倪匡这个人鬼灵精，早已猜到，瞪了我一眼，那时我才看到一点点。

一切准备就绪，戏开拍了。

灯光师在打闪电效果的时候，我们已经干掉了一瓶路易十三。

倪匡被大明星和专请来的高大的时装模特儿包围，乐不可支。他穿起那套晚礼服，居然也有外国绅士的样子。

周润发等演员都喝了酒，有点微醉，大舌头地讲对白，轮到倪匡，他口齿玲珑，一点也没有平时讲话口吃的毛病，把对白交代得一清二楚。因为没有人可以配他的口气，当时是现场录音的，竟然一次过，没有 NG。

周围的人都拍掌，说他是一个天生的演员。

一位模特儿大赞："真像一个作家。"

　　倪匡又瞪了她一眼："本来就是作家嘛。演作家还不像作家，不会去死？"

　　戏拍完后，倪匡上了瘾，从此登上演员时代。

　　他也爱上那副圆形眼镜。问我说电影道具是否可以留下。我说我是监制，说留下就留下。不但如此，连那套"踢死兔"也奉送，因为我知道再也不会有很多人能穿的。

之后，文隽当导演也请他，洪金宝当导演也请他，拍了不少电影。

至于倪匡的片酬，他以日计，每天两万元大洋，拍个十天八天，照收 20 万元。

"值得值得！"文隽大叫："请了那么一个大作家，港台都有市场！"

文隽自己也写文章，在现场对这位文坛老前辈，倪匡叔长，倪匡叔短地招呼。

倪匡又瞪了那看不大到的眼睛："缩、缩、缩！不缩也给你叫缩了！"

所有的电影也不单是文戏，有次倪匡演伙头大将军，洪金宝的戏，怎能不打？

那场戏是和一个大块头打架，被他一踢，倪匡滚下楼去。

倪匡坚持不用替身，说："我胖得像一粒气球，滚下去一定好看！"

洪金宝说什么也不肯，不过，他说："要是拍的话，留在最后一个镜头。"

倪匡想想，还是临阵退缩，这次可真的被文隽叫应了。

一部接一部，倪匡不只在中国香港拍戏，还跟着大队到外国去出外景。

林德禄导演的《救命宣言》在中国香港借不到医院的实景，拉队到新加坡去拍。不是主角的倪匡自掏腰包，坐头等舱，入住五星级酒店，好不威风。

倪匡演一个酩酊大醉的老医生，演对手戏的是李嘉欣。

倪匡占戏颇重，不同以往的客串性质的角色，林德禄对演员的要求也高，但倪匡应对自如。反正医生是没当过；醉，却是拿手的。

有场戏，需内心表情，林德禄拍倪匡的特写。倪匡正在动手术，为人开刀，戴着口罩。

"匡叔！演戏呀！演戏呀！"林德禄叫道。

"戴着这种口罩，怎么演嘛？"倪匡抗议。

"用眼睛演呀，用眼睛演呀！"林德禄大叫。

倪匡气恼，拉掉口罩摔在地下，道："你明明知道我的眼睛那么小，还叫我用眼睛演戏！你不会去死！"

禄叔垂头丧气，举手投降！

写了几百个剧本，倪匡没有现场的经验，后来不知道拍戏要打光的，他常说，拍戏容易，等待打光最难耐。

又有一部叫《僵尸医生》，倪匡这次可不演医生，但也不演僵尸，扮的是抓鬼的道士。

倪匡扮相没有林正英那么权威，但滑稽感不逊任何演员，反正是喜剧，他演起来得心应手。

话说那鬼佬吸血僵尸来到中国香港，还带来一条性感鬼婆女僵尸，倪匡演的道士把女僵尸收服，用手抓着女僵尸的双腿，提上来看看她死去没有。

本来戏的要求是抓着她的双踝的，但倪匡身矮，只能抓到她的双膝，一举起来，倪匡即刻放手，落荒而逃，那女僵尸跌到差点断颈。

我在旁边看了，大叫起来。

倪匡即刻会意："你这衰仔，用广东话骂我！"说完要以老拳来击我脑袋，这次轮到我落荒而逃。

雪山外景记

2002 年 3 月 28 日

30 多年前，我被邵逸夫先生派去东京，当邵氏兄弟分公司的经理，主要工作是购买一些像"盲侠"一类的卖座的日本片，拿去东南亚放映。

中国香港当年也没有彩色冲印公司，拍的多数是黑白片，彩色片要在东洋视像所处理，印出来的每一个拷贝由我检查过才寄出，一部电影要看数十次，也可从中学习。

另外，如果有片子来日本拍外景，制片工作由我负责。我也在日本监制一些低成本的香港片。

闲时，我在斗室之中种盆小花，又养了一笼金丝雀，独身生活愉快。

一天，我忽然接到了一封比电报（Telegram）更快的传真（Telex），当时的制片经理邹文怀先生说：你去汉城，十万火急，即刻动身。

一月，天寒地冻，我乘的士到羽田，买了票，傍晚抵达韩国。

王羽在机场接我，大叫："你来了，这可好了。"

"到底是怎么一回事？"我问。

"我来这里拍《龙虎门》的最后一场雪山决斗的戏。"王羽说，"罗维介绍了一个他的亲戚金太太给我当制片，什么都不懂，搞得事情一团糟，只有叫公司马上调你来，有了你，我就放心了。"

我们在《金燕子》一片的日本外景时相识，他对我的制片能力，似乎颇为欣赏。

"你要求什么就给你什么，金太太做得来吧？"我说。

王羽愈讲愈气："我说要一个高台，你知道她给我什么吗？"

高台是用来摆摄影机的架子，由几条铁管拼起来，上面放一片轻便的木板，搭和拆都很简单。

"她叫工人用大木头钉出一个，搬起来像几十个棺材那么重！"王羽骂，"其他的东西可想而知。"

"你们住什么酒店？"我问。

"半岛。"他说。

哇，这是当年汉城最好的，位于明洞附近，相当于东京银座的高级区，价钱不菲，我们拍电影的，一切以节约为原则，怎么住得起那么贵的地方？必先解决这个问题。

"是金太太安排的？"我问。

"嗯。"王羽说，"金太太在半岛楼下开了一家中国餐厅，说我们去吃可打折扣。"

到了酒店，演大反派的罗烈出来相迎，他的两个打手，分别由王钟和陈星扮演，副导演是吴思远，他们后来都成为独当一面的人物。

进入房间，即刻打电话给申相玉。

申相玉的制片公司，就像当年的邵氏兄弟，器材、工作人员和片厂齐备，我们在亚洲影展时相识。申相玉留学日本，操一口流利日语，热爱电影，与我有共同语言，成为老友。来东京时，最喜欢和我去泡小店吃东西。我把吴思远交给我的导演单一一向申相玉说。

"没有问题。"申相玉说，"一切包在我身上，你什么时候要？"

"电影圈里面的事，还有问什么时候要的吗？"我说，"当然明天就要。"

"好，我帮你赶出来。"申相玉说，"明天可能没那么完善。你们先有什么拍什么，再有个 24 小时，你要天上的月亮也帮你拿下来。"

"你明天可以开工了。"我向王羽说。

王羽大喜："那么快？"

我说："就这么快。"

众人纷纷外出，我躲在房内把剧本刨了又刨，至少要知道发生了什么事。但主要解决的是酒店，一大群人住下去，又吃又喝，预算怎么控制？

这是王羽当导演的第一部片子，他拍了《独臂刀》后大红大紫，呼风唤雨，向公司扭计①之后，做了导演。现在好酒店一住，要叫他搬出去，又会闹脾气吧。

好在我负责的是最后这场戏的外景，其他的在邵氏片厂拍完，一切摸清楚了，已到黎明。

一阵浓烟由房门缝中飘进来。

冲出走廊，已看到房客惊慌逃避，果然是场大火，我把服务员一把抓住，从他身上搜出百宝钥匙，依照工作人员和演员的名单，一间间打开房门，连他们身边的人也叫醒逃命。

"护照之外，什么都不要！"我命令。

熊熊大火，一层层烧下，我们逃到对面街，帮助救火员用干稻草烧火。

烧的是街边的水龙头，因为大雪，结了冰，水流不出。只见对面酒

---

① 扭计，广东方言，意为闹别扭、发脾气。——编者注

店塌下，火势不可收拾。

真是天助我也。贵租的问题解决，我们可以搬到中国香港外景常住的一间又舒服又便宜的旅馆，叫"Lion's Hotel"，相信老一辈的电影人都记得，我宣布休息一天，众人大喜，购物去也。

汉城东大门的市场中，什么都有。食品更是齐全，柴米油盐，一大包一大包的面粉堆积如山，农产品便宜得很，最贵的是外国进口的服装类。

我不惜工本买了一件美国空军的大衣，尼龙布料当然防水，还有一个头罩，罩边黐着皮草，能挡雪飘进眼。我问店员是什么皮？他回答说是狼狗的尾巴毛。

这件大衣后来陪伴了我个少的冬天，至今怀念。

翌日，阳光普照，我们的外景工作开始了。所谓的"雪山"，不过是汉城公园里的一个小山丘，厂景一接，好像是在大岭之巅。

山丘布满几寸厚的大雪，工作顺利进行，申相玉派来的是一组精兵，衣着平凡，干起活来不休不眠。一万烛火[1]的大灯罩抬来抬去，绝不叫辛苦。

"就快过年了。"王羽说："你知道啦，中国人过年大过天。我们一定要在过农历年之前把戏赶完，不然不止怨声载道，过年的补工费算起来也不得了。"

我心里也焦虑，但不可动声色，若无其事地向大家说："拍得完，一定拍得完。"

---

[1] 烛火，对电灯功率的俗称，实指瓦特数。——编者注

看外景已无事，叫司机又把我送到南大门市场，找到全韩国最好的金渍，这种泡菜，韩国人不可一日无此君。也不是白菜泡辣椒粉那么简单，高级的在白菜叶片间夹了松子、鱼肠和雪梨丝。松子香，鱼肠惹味，雪梨增甜。朝鲜人还把泡好的泡菜一团团塞进一个"二十世纪梨"中，再泡几个月才拿出来吃，是极品。

对于午饭，韩国工作人员皆大欢喜，导演王羽全身是劲，休息时找副导演吴思远来玩，大家伸出双掌，你推我我推你，看谁跌倒。两人玩得兴起，王羽大力一发，吴思远栽葫芦打了几个滚。雪地柔软，本来不会有事，但看到血迹斑斑，像数十朵梅花，原来他的眼镜框折断，尖片割破了眼角，好在没伤到眼睛。

飞车到医院，老医生都会说日语，翻译由我负责，缝了几针，医生说无大碍。

戏院中，放映的多数是中国港产片，《独臂刀》打破卖座纪录。跟王羽走在街上，众女尖叫："unppari！"韩语即独臂的意思。文艺片也卖得好，何梦华先生导演的《珊珊》，韩语译为《苏珊娜》。不知哭湿了多少少女的手巾。邵氏出品，必属佳品。

外景一天天顺利拍摄，除了一些小插曲。

已到尾声，最大反派出场和男主角一决生死的关头了。这个镜头是，罗烈做好功架，大叫一声向男主角冲来，一脚飞去。

前半部分罗烈做得很好。大叫一声之后，冲过来时，忽然双脚一软，跪在雪地上。NG了几次，后来连大叫一声的气力也没有了。王羽只好转拍其他镜头，吩咐工作人员今晚陪罗烈打扑克，不准外出。

离过年只有三天了。我们只剩下几个重要的镜头，无论如何，两日内一定拍完。

但是，到了现场，我们傻掉了，小山丘充满绿茵，天气转暖，大雪全部融化。雪山，再也不是雪山。

"怎么办？怎么办？"这是大家都发问的问题。

申相玉再大本领，也不能叫天下雪呀！连韩国工作人员也替我们焦虑。

"先拍些没带到地上的脸部特写吧。"我说。

王羽摇头叹气，说："没用，没用。"

火灾一场，天助我也。雪没了，天亡我也。没话说。

收工时，王羽跺脚："只剩下明天最后一天了，没有雪，如何是好？"

我忽然想起南大门市场，向他保证："明天一定有雪，放心好了。"

又打了电话给申相玉，要他派出几辆大货车，和搬运工人一队，浩浩荡荡来到南大门，把所有杂货店的面粉完全收购。漏夜，我们得到汉城市政局通行证，赶到外景地，把整个山丘用面粉铺成雪白。

如果邵氏出版《龙虎门》的光盘，你会看到这场戏拍得天衣无缝，绝对不知道地上的白雪是面粉。

大家欢天喜地回家过年，我也收拾了行李单身折返东京，日本人过的是新历年，这一天没有一点气氛。只发现花草已枯，鸟死亡。明白自己有工作不管其他的个性，从此不做我照顾不到的事，也解释了为什么至今没有子女。

第四章

南来北往，边看边吃

回忆

名字如母 酒舅宗要

阿叔的书

号香老先生 八百屋垂钓

海南师傅 冰银座 老细婵长

阿光师林棠 伊东屋世化

冈崎宏三

成龙 凤用堂导演雷大师 一瞬陶斋一休和尚 翻车 糊糊与朴衣

古光 弹球盘 片冈千惠藏 绿屋绮梦 鱼斋主人 树根克

倪匡 三毛 制片 猫老人配音 醉龙液 小盒楼 陆羽

顽虎年代

向"南"去，梦里总是吃惯了的美食

宝藏

南斯拉夫 [1] 是个山明水秀的地方。自然环境保护得很好。城市虽赶不上西欧的繁荣和现代化，但干干净净，除了有几个衣衫褴褛的吉卜赛人，看不到真正的穷人。

公路建设也很发达，绝不逊于西班牙等发达国家。

沿着行车路，看到一大片一大片的田园，或种五谷，或植果树。耕耘的人都用拖拉机。听说，农夫比城市人更富有，因为上餐厅已不便宜。

比起东南亚的几个都市，我住的札尔克列还是落后，人们虽丰衣足食，但也没有什么地方可以花钱。最大的财富，算是有间屋子和一辆汽车。

此地到处能听到美国最流行的歌曲。

要找它的缺点，那一天一夜也谈不完。既来之则安之，何必自寻烦恼？

我每到一个地方，必先发掘它的好处。南斯拉夫，是个大宝藏。

---

[1] 南斯拉夫是 1929 年至 2003 年建立于南欧巴尔干半岛上的国家，首都贝尔格莱德，即今塞尔维亚首都。——编者注

启程

到欧洲的飞机，通常在晚上起飞。我这次乘德航，也不例外。

夜航有个好处，那就是可以一直睡觉，抵达时已是白天。在时差方面，人体会感到不适应。前一个晚上最好迫自己不眠。看电视，读书，聊天，或者仔细地收拾行李。总之，别制造休息的机会，上了飞机，不管环境多么恶劣，都可以闭上眼睛。

好在这次航程没有想象中的拥挤，旁边座位空着，我已经感到很满足。

机舱后面的空位被几个彪形大汉坐满，横着睡四人位。有些客人羡慕地看，心中叫骂，又不敢出声。

这些空位一定要厚着脸皮去抢夺。空中小姐请你等到可以松安全带时才换位，已太迟。趁其他人坐定后就马上霸占，被人横眼也不管。不与人争的话，那就心平气和地坐稳，在狭小的环境下制造自己的天地。

途中

从中国香港到南斯拉夫，飞行时间加起来一共才 14 小时，不算远。

第一站停德里，路途和去东京差不多，四个多小时。为什么大家都不去印度玩玩呢？那泰姬陵是世界奇观之一，不看多可惜。

出于安全，乘客不能下飞机舒脚，等了一小时才飞法兰克福。这一程是八小时，在那里换机才能抵达南斯拉夫的扎尔克列。

德航的食物中规中矩，吃得饱。我自己带了些零食，一路下酒，喝完睡，睡完喝，很快便到达。

空中小姐的轮廓，线条明朗，是典型的德意志民族脸孔，服务相当亲切，几个表情严肃者中间，有一位比较调皮的，常来叽叽喳喳地问长问短。

准时，着地平稳，是德航的最佳印象。

到了法兰克福机场，当然要尝试这里最出名的香肠啦。侍者打趣道："德国香肠叫维也纳，你在奥地利叫香肠时，才说来一客法兰克福！"

花啦

行李放下，谈完公事，已到吃晚饭的时间。我约束自己每天要学五个生字，问剧务："谢谢怎么讲？"

"花啦。"他回答。

这倒很容易记。我说要多学几个单字，他当然把本地粗口一个个列出。

学了几个骂人的词之后，我说："够了，我要骂的人不多。"

相信他亦有家庭要照顾，我告诉他："你可以先回去，晚饭我自己搞定，最后要学一句是：我也要。"

"耶，依土度。"他说："耶，是'我'的意思；依土度，'也要'的意思。"

他走后，我散步到一间大众化的餐厅，看客人吃的菜，知道滋味一定地道。坐定之前，拉着侍者，指其他客人吃的汤、蔬菜和肉，说：

"耶，依土度；耶，依土度。"

过一阵子，又便宜又丰富的一餐摆满桌子，我吃完后向侍者喊道："花啦！"

溪畔小屋

要找一个荒野的山洞，迷失了路，经过丛林小溪，见三五个人在建屋。

同事把车停了，上前搭讪，他们友善地欢迎，好像工作太过单调，巴不得有人前来聊天。

在南斯拉夫，只要有钱，便可以选中一个地方，向政府申请，批准后就可自行建起房子来。

这一家人已经工作了半年，还只筑好地基，据同事说他们星期天才来，约了亲戚朋友一砖一石地堆积。只有一个是聘请来的，就是那筑梁的老头，已有七八十岁了。大家忙倒酒给他。

一个"人"字型的木架，倒在地上起好再用滑轮拉到顶上，老头抽着烟斗，不慌不忙，仔细衡量。

主人喜欢这里，是因为屋前那条小溪，屋子背着山，这是他一生的愿望。

由溪中，他用玻璃杯盛了水给我喝，一入口，甘甜，胜于市面所售矿泉水，连酒都不想喝了。

南水

南斯拉夫的水源取之不竭，用之不尽，而且是清澈、冰凉、甘甜的。

没有冰箱的人要吃水果，总把水龙头打开，让泉水冲之半小时才进食，像已雪冻。与其他要贴"节省用水"广告的国家比较，真有天渊之别。

说浪费水，比起我们晚上洗街，微不足道。从来没有看过一个那么爱干净的地方，他们派出几十辆水车，每条大街小巷都用水龙头喷冲。人行道上，另有一辆小型水车打理，不像花都巴黎那样，到处都看到狗屎。不过住久了也惯了，不去理会。

英国导演卡路·烈拍《第三个男人》的时候，首创把石板街道浇湿，利用光与影来营造气氛，非常成功。从此，每个摄影师都照抄不误，不管是什么戏，拍到夜景的街道一定要叫人喷水。需要时没话说，拍不关重要的镜头就太浪费人力和金钱了。这种摄影师最好罚他一生只在南斯拉夫拍电影。

南木

这里的树木真多，我们拍戏时，南斯拉夫工作人员到处乱砍，这种事情要是发生在其他地方，一定会被送上法庭。

刚到这里时，发现古老建筑物都有一扇窗开在墙脚，不明白为什么。既不透阳光，也不疏通空气。后来见一辆锯木车，有个引擎，带动车轮各处走，停下后就把引擎用来拉锯，像个巨型缝衣车，把木头切成一节节之后，便由那扇墙脚的窗子扔入屋子的地下室去。

各国都在电气化的时候，南斯拉夫人仍到处砍树，不用煤气或石油，煮食取暖，还是烧柴。

"你们不知道什么叫作保护自然吗？"我问。

"自然受到破坏时才保护，我们只是在促进新陈代谢。"他们回答。

小贩

在南斯拉夫，很少看到小贩。

充其量，有几个小摊子在卖烤玉米和煮玉米，还有几个人在擦鞋子，这些，都是吉卜赛人经营的。

所谓的小贩，都是现代化的，用塑料压成一个个的小箱子，有一间浴室那么大，由汽车搬移到各处的街头，从其他商店搭了电，一插，便能万事齐全地贩卖报纸、杂志、香烟和各种日常用品。

酒吧也可用同样的方式经营，大家围在小箱子的外面，喝了一杯就接着赶路。

这种塑料小箱在欧洲已大量生产，日本也渐普遍流行。它们的确经济、方便、干净，小贩们也不会受风沙之苦。

东南亚什么时候会变成小箱小贩呢？总有一天吧。但是，到那个时候，一切都是那么美，那么整齐，东西大概就不好吃了。我们一面希望小贩们有更好的日子，一面又想他们不变，真矛盾。

娱乐

欧洲的每个城市都有广场。

所谓广场，不过是建筑物围绕着，中间空出一片旷地。多数，还有一个喷水池或纪念碑置于中央。

拉丁民族，富于浪漫和欢乐，他们的广场是花市，是果园，是茶座，是人们娱乐的地方。斯拉夫族则刻板、庄严，他们的广场以灰色为主，有典型的电车经过。

札尔克列的广场叫做人民广场，空溜溜地没有摊位和小贩，两家人在卖报纸，几个吉卜赛人为旅客擦鞋。

"为什么不多弄一点娱乐？"我问。

"有呀，"友人回答，"每年圣诞节这里好热闹。"

"但是那只有一年一次呀，人，每天都需要调剂情绪。"

"我们今年有两次了。"他说。

"除了圣诞节还有什么？"

"看你拍戏。"

没有用

已是栗子上市的时候，随街是卖栗子的摊子。

不过，南斯拉夫人吃栗子，独沽一味地将它们放在铁板上烤，待其爆开，便一公斤一公斤地出售，我摇摇头。

南斯拉夫同事不服气，问说："那你们又怎么吃，说说来听。"

"有时，我们拿来炆鸡；有时，我们把香菇加在一起做罗汉斋。不过，最普通的吃法是加入小石块炒，加进糖，火不直接接触到栗子，炒出来后又油、又甜、又香，百吃不厌，你没有吃过，实在可惜。"我说。

同事冷冷地说："这些东西我又没有尝试，不知道它们的味道，就不觉得是可惜，说给我听也没有用。"

我看他不近人情，就不睬他。他反咬一口："难道你们连石头也吃下去？"

"当然。"

"味道如何？"他惊奇。

"你不知道，说给你听也没有用。"

海的女儿

南斯拉夫女人的名字很美。

优玲嘉是海的女儿，丝兰嘉是月亮的女儿，凡是有个嘉字，便是代表某某的女儿，所以这里多是什么嘉，什么嘉的。

维斯娜又是一个很普遍的名字，是爱神的另一个称呼，什么娜，什么娜，与古典传奇和文学有关，亦是优雅。

总之，她们的名字都有意思。这些什么娜，什么嘉，由十二三岁到十七八岁时听起来都很恰当，但是一过 20 岁，早婚的已有一两个儿女了，听起来似乎就不那么恰当了。

一尺酒

南斯拉夫最烈的酒是用杏子酿的伏特加，这酒和苏联产的相异之处是略带黄色，有些甜味，比较香。至于酒精度数，就和伏特加一样高，有过之而无不及。

和南斯拉夫朋友进酒吧，他向酒保说："来一尺酒。"

酒还有算一尺的？我瞪大了好奇的双眼。

酒保将酒倒入水杯一般高的小玻璃瓶，其形状像个大型的济众水药樽，一瓶瓶地注入后排在柜台上，一共有十来瓶吧。

用手一量，刚好是一公尺[①]。

我学那南斯拉夫人叫酒，也来一公尺，然后看他怎么喝。这个家伙嗖、嗖、嗖、嗖，由第一瓶喝起，每口必干，嘴巴也不擦一下，面不改色地喝完一尺酒。

举手投降，我第一次在别人面前认输，觉得输得不丢脸。

栗

来欧洲不是夏天就是冬日，现在才有机会享受到入秋的美景。

树叶还没有变成金黄，已开始脱落。

最惹人注目的是栗子树，早些时候已经看到结成一个个大如垒球的

---

① 1公尺＝1米，为已停止使用的长度单位。——编者注

果实，绿色，带着尖刺。

街上整齐的两排并列，咖啡座前更是繁茂地屹立着栗子树。成熟的果实挤开了硬壳，噼噼啪啪地落在人们的眼前。

棕色的栗子，好像被一层油包着。新鲜得令人垂涎。

但是，南斯拉夫友人说这是野生的，不能吃。吃了又会怎么样呢？我问。"肚子痛。"他们回答。

不会吧。这么美丽的东西，遍地皆是。拾起一颗，看了又看。剥开壳子，肉仁像榴梿般澄黄。

才不信邪。咬了一口，有点苦涩，但那滋味是罕于尝到的，终于全颗吃下，果然胃不舒服了一阵子。值得。

吃什么

朋友很关心地问我："你在南斯拉夫吃些什么？"

谢谢大家。这里吃得很好，但是吃来吃去还是那几样。首先来的是一个前菜，有芝士和生火腿，再来一个汤，多数是用鸡肉熬出来的，最后是一些烤牛肉或猪肉。

这里的人什么东西都下很多油去煮，青菜沙拉也是又油又醋，难咽下喉，又怕缺乏维生素 C，只好拼命吞进肚子。早餐的煎蛋，像是油浸的，真的非常难以下咽。

南斯拉夫人喝餐酒多数喜欢一半酒一半矿泉水，这里的水甘甜，比中国香港流行的那个法国名牌的更好喝。

进食时与其他地方最不同的是它的胡椒和盐。其他地方装入小玻璃瓶，但是这里只用两个连在一起的小碟盛着，用叉子或餐刀点一点撒在食物上。

公营的餐厅侍者服务很慢，那么大的地方只有一两个人管理，而且侍者态度阴阳怪气的，每一道菜都要花个 15 分钟以上，最后算账付钱也要等，一餐吃上两个钟头，我这个急性子的人实在等得不耐烦。

个体户的食店，伙计态度好得多，吃完后还再三前来道谢。

两者的价钱都不贵，通常 5 美元就有丰富的一餐，要是花上 20 美元，那便是大豪客了。

海鲜的种类不多，鱼虾的烧法也没有变化，不是煎就是烤，当然又下了一大瓶油。

南斯拉夫人不像西班牙人那么好吃，他们老老实实地吃饱了就算，很少遇到老饕。这里没有麦当劳，最快、最便宜的是烤个意大利饼填填肚子，港币 10 元。

南吃难吃

南斯拉夫菜，吃来吃去都是那几样，先来一碟芝士和生火腿，一个面汤和最后的烧烤猪牛。

有些工作人员才来几天，就大叫："吃厌了，吃厌了。"

留学回来的年轻人倒都很习惯，他们有炸马铃薯吃，已津津有味。

到餐厅，每碟菜与茶之间等上半小时，一餐总得花两个钟头，我就不耐烦，常找个快餐厅填填肚子算数。

郊外有烤乳猪和烤幼羊，一只只在火上熏个半天，皮脆，绝不逊中餐，但也不能每天往乡下跑。

偶然，也可吃到饭，多半不熟，吃到胃痛。

这里流行吃意大利比萨饼，直径一英尺半，烤得又厚又香，加上芝士和香肠片，肚子饿了，也觉得不错。

但是，每天做梦，总是以虾饺、烧卖和糯米鸡结束。

四汤

在大喊吃来吃去都是那几样菜的时候，我又发现了一些非常地道的南斯拉夫美味。

那是四种汤。

第一种是炖鸡和细面。这一味东西和中国食物非常接近，人人都喜欢，只可惜面条是用来装饰，只有那寥寥数根，绝对吃不饱。

第二种是牛肚汤。它是用西红柿和牛肚熬四五个钟头，加上橄榄油，浓厚得很。这是南斯拉夫的劳动者的早餐，一大碗汤，把面包浸在其中，起身就吃，包管能顶到中午也不肚饿，味道当然不如潮州牛什，但能吃到牛肚，有亲切感，中国人都爱喝。

第三种是牛肺汤。其味比牛肚汤更鲜甜，把牛肺切成细丝，样子并不恐怖，如果不告诉外国人原料是什么，他们会吃得津津有味。

第四种是牛腩汤。我最爱吃。因为熬汤不用水而是用红酒，多吃会醉。原料用牛腩切成细方块，炖后柔软，入口即化，中间又有蔬菜掺杂，汤虽浓，但不腻。宿醉后喝一碗，相当于解酒的还魂汤。

私酒

大多数国家都不让人民酿私酒，南斯拉夫是例外。凡有家园的人都种植果树，吃剩下便拿来炮制白兰地或伏特加，政府不管制。

来到这里，当然是喝他们的土炮酒。杏子、梨的伏特加最可口，香、浓、略甜、不腻、醉人。

我去商店买一瓶，给南斯拉夫同事看见，即刻说："这种大公司的酒怎么能够下喉？我会送你一瓶，是我妈妈酿的！"

"真的？怎么酿法？"我问。

"先将果汁榨出、发酵，蒸馏了再蒸馏，次数越多越好，最后几乎是纯酒精，你说厉害不厉害？"

"你妈那种做法怎么叫酒？"南斯拉夫司机听完后说，"我妈酿出来的包管比你妈酿得好。"

结果两个人吵了起来，其他同事更纷纷夸说自己的妈或老婆酿的酒是天下第一。最后，他们一人送一瓶，酒店房中，尽是私酒。

南饭

南斯拉夫人把米饭当成是副食，一条鱼上桌，碟上加上一团米饭，用冰淇淋勺压出来，绝非吃得饱的东西。

偶然，也吃到一碟，上面浇上些肉汁和鸡块，他们把米饭当成意大利粉般地打底。

另外一种煮法是将八爪鱼的脚切碎，混在米饭中，还挤出墨汁，把米饭弄得黑黑的，看起来恶心，但尚可口。至于西班牙出名的海鲜饭，这里不流行，在餐厅吃不到。

米在这里是一小包一小包地出售，价钱当然不便宜，我们要炊一大锅，至少用上五六包。到底多少钱？大约是他们在我们的地方买马铃薯时觉得那么多吧！

米饭烧出来，都有股味道。自己煮时，因米品种不同，时间拿不准，炊出的都失败。

现在想起那一粒粒肥胖雪白的米饭，口水直流，只要淋上酱油，或有一小块腐乳，便能吃它三碗。

"呀！"南斯拉夫友人惊奇，"米饭也能炒的吗？"

"当然啰。"我说："用鸡蛋、叉烧、腊肠粒、芥蓝片、虾仁、大蒜，炒起来，整个厨房香喷喷的。"

"我喜欢在米饭上加牛油，淋些汤，泡点滚水！"他们说。

我不屑地："这种吃法，简直是侮辱粒粒皆辛苦。"

"我不明白你们为什么每餐一定要吃米饭。"他们说。

"我也不明白你们为什么每餐一定要吃面包。"我回敬。

"既然你嫌我们煮的米饭难吃，为什么你还要叫侍者拿来？"我们在一起吃午餐的时候，南斯拉夫朋友问道。

"和你们吃不到面包时一样。"我说，"我们吃的不是米饭，是童年、是习惯、是乡愁。"

饿鬼再世

一生不喜欢吃甜，来到这里，每天是肉，蔬菜只是所谓的沙拉，青菜中加一大堆油和醋，难于下咽。

每天想念蚝油菜薹，大地鱼炒芥蓝、虾酱通菜、猪红韭菜、干烧冬笋，就快发疯，但吃到的又是番茄、番薯，什么都是番的，干脆就拒绝吃他们的蔬菜。

身体少了这一部分食物，一定要找东西来补充，便开始吃水果。

南斯拉夫的水果价贱，到处均有出售，种类不少。

对有一点点酸的水果，我怎么也吃不下，比如对这里的苹果就没有缘分，梨却是我喜欢的，香、清、甜，所以吃了很多梨。

葡萄也带酸，但是买回来放到熟透，又变得很甜，杏和桃也是一样。

菜市场有百多个摊位，其中出售无花果的最多。"一公斤多少钱？"我问。

那位老太太伸出大拇指，这并非表示"好"的意思，南斯拉夫人用它表示"一"，原来一公斤只要100典那①，兑港币三元，美元两毛多。我比出三个指头，老太太会意，称了三公斤给我。

无花果越熟越甜，那堆样子难看的最好吃，装入纸袋中，它的汁透出来，要用双手捧着才能拿回酒店。

学南斯拉夫人用冰凉的水龙头水冲它半小时，面盆放不下，干脆倒

---

① 典那，一般称为第纳尔，现在仍在使用该币种的国家有伊拉克、利比亚、突尼斯等。——编者注

入浴缸，三公斤的无花果，占去不少面积。

等到够冰，便站在浴缸边大吃特吃，有略不甜的即刻扔掉，到最后，只吸中间的肉，不吃皮，弄得满嘴满脸，愈吃愈过瘾，几乎不能停止。

抬头一看，镜中反映的我，扮演饿鬼，不用化妆。

水果

已经养成吃水果的习惯。

水果的定义，应该是甜的，对略带酸味的我还是不喜欢，如果要吃酸的东西，干脆买柠檬吃。

在这里吃到最甜的是无花果，这种东西在中国香港只有晒干的出售，放一粒进去煲汤，已甜得要死，你想想看新鲜的有多可口？

无花果越熟越好吃，我们通常一买就是两公斤，选熟透的，生一点儿的放它一两天之后慢慢享用。

把它们装入大玻璃罐中，用冰冷的水冲它半小时，剥开，只吃肉，皮扔掉。吃不完，第二天果汁便凝成一层厚厚的蜜糖。

葡萄、杏、桃子、枣、梨和苹果等，菜市场中应有尽有，一摊摊地有几十家之多。每公斤最贵的不超过 8 港元，最便宜的只有两块半。

哪一种水果最甜呢？很容易分辨，蜜蜂麇集的最甜，它们最直觉，最聪明。

醉葡萄

外景地附近有个葡萄园，印象中，这种果实应该长在架子上，但现在以新的办法种植，是像立了电线杆，然后让葡萄沿着无数的长绳爬上去。

成熟的时候，绿叶已经被紫色的果实遮掩，看到的是一条条的葡萄堆，像巨蟒般布满大地。

乘休息时间跑去葡萄园玩，主人见到中国人，微笑迎上。我们说付钱买他的水果，见他直摇头："你们能吃多少？尽量采吧，我的葡萄不施农药的。"

以前看电影里的罗马人，将一串串的葡萄往嘴里塞，好不羡慕。现在不只是一串，我们采的是无数串的一长条。

双手将长条拉直，好重，最少十几公斤，然后很暴殄天物地把长条放在嘴前，像吃巨型玉蜀黍一样左右乱咬，弄得满脸果汁，衣服一塌糊涂，好不过瘾。

肚子胀饱，葡萄好像在胃中发酵酿出酒精，醉人。

房内煮食

我们一组中国人来到南斯拉夫，并非跟随旅行团游玩，而是每个人都是有独特个性的电影工作者，一共要住上三个月，吃饭的事不能解决的话，将是个大问题。

先锋部队抵达，一吃厌餐厅，就想办法去酒店的房间中煮公仔面。

同事们第一件事是先到百货公司购入小电炉和锅子，冲凉后烧水下面，并打下一个鸡蛋，以增加营养。

市场中看到火腿，买下等有空时煲汤。洋葱是最佳的蔬菜，放上一两个星期都不坏。

渐渐地，变本加厉，在一个星期天准备好各色各样的材料，打起边炉来。吃得肚子发胀，席地而睡。第二天一大早赶去看外景，来不及收拾便出门。

回来后遇着酒店经理绷着脸，做一抱头痛哭状，哀求地说："我也同情你们，但是消防局一查到，便即刻吊销我的营业执照，你叫我如何是好？"

经他那番话，我们再也不敢在房内煮食。

租厨房

不能在酒店中煮食，连烧开水也被禁止，这怎么办？以后半夜开工或黎明回家，连一杯茶也没得喝，将多难捱？

大酒店有 24 小时的通宵服务，我们的房间连冷气也没有，别谈冰箱了。餐厅卖完早餐，10 点钟便关门，剩下个小酒吧，只有咖啡和酒。

虽然有个厨房，但酒店不肯借给我们，试想一大群中国人，每天不定时地出入，又在里面煎咸鱼和爆大蒜，吃完还要把碗碟顺手牵羊地拿回房去，要是我是酒店经理，说什么也不让中国人用。

唯有重施故技，希望在酒店的附近找到一间空屋，租下来当厨房和休息室。我们在西班牙拍戏时就在酒店对面包了一间收档了的商店煮东西吃，时间一到，只要过条街便可以享受家乡菜。

我们的酒店周围都是住宅区和小公寓，我以为，要租一间，总不成问题，其实这大错特错。

寂寞

欧洲人租房或购屋，多是一住下来就不搬走的，南斯拉夫也不例外。

我们为了要找间空屋当厨房，可真是绞尽脑汁。先是去房屋介绍所，他们回答说我们酒店的附近没有人要招租。

这里是住宅区，难道一间空房也没有？大概介绍所不肯努力吧？便在报纸上登了一则求租广告。

零零星星的电话来了，要出租的地方离酒店十几分钟，我们拍完戏回来已疲倦得要命，哪还想走那么远去吃饭？

报纸不行，电台播音求租也没有结果。

我一急，拉了南斯拉夫剧务到附近去问，这里的大厦没有管理员，得一间间上去敲门，发现住的多是老人，每家人都得谈上 15 分钟。

"既然不出租，还叽里咕噜地说那么久干什么？"我问剧务。

他回答："年纪大了，生活没有变化，他们好歹抓到一个机会，当然多谈几句啰！"

请庙来

不能在酒店房间煮食或烧开水；酒店厨房拒绝让我们借用；附近找不到房子租来当餐厅；这一带的食堂晚上 10 点钟就关门。

怎么办？怎么解决我们起码的吃饭问题呢？

人数少的话，怎么都挨得过；为期短暂的话，再辛苦一点也不要紧。我们一共有二十几个工作人员，加上国内外的演员就是一大群；一住要住上三个月以上。戏的大部分拍摄要分日夜两组，收工的时间异常，我们的情绪，用别人的眼光来看，是疯子，不是普通人。怎么办？怎么办？

南斯拉夫同事也甚为此头痛，他们说要是他们去外国，遇此情形，工作人员必定造反。

大队抵达之日期一天天地逼近，必须即刻解决。

有了。我们租了一辆五脏俱全的拖拉旅行车，将它泊在酒店面前，成为我们的厨房和餐厅。

不能去进香，就把庙请来吧。

开伙食

厨房和餐厅拖到酒店前面的那一天，我们的心情是多么地兴奋！

这一辆小旅行车是全新的，租金很便宜，一辆汽车将它带来之后就走了，不用再停留。车厢中有两个液化气炉子，沙发椅和长桌折叠起来可当床，还有个小洗手间。

水的供应由酒店拿过来。电力是个问题，但可以从隔壁的公寓中接线过来。再不然便要去弄个小功率的发电机，也花不了几个钱便可以安顿。

停泊在街上是犯法的，南斯拉夫同事史埃图以前是警察，和他一起去附近的警局，他在那儿与警察称兄道弟拍肩膀，加上我们带去的一点小礼物，警察们都说："是呀，是呀！中国人不吃他们自己的东西是不行的！"

邻近的人都好奇地围上来看，指手画脚地问一番后离开。酒店经理喜气洋洋，因为我们已经消除了放火烧他酒店的可能性。他说："妙，妙，请别忘记，煮第一餐饭时一定要分一点给我吃！"

小水饺

把简单的煮食用具准备好之后，便开始在我们这个旅行车厨房里做起饭来。

先买两只大肥鸡熬汤，汤里加上一罐由中国香港带来的榨菜片，这一味，包管南斯拉夫人没有吃过，已先来个下马威。

再把牛肉切成丝炒青菜，他们永远是一大块一大块的牛排，哪会想到可以把牛肉炒得那么柔软香甜。

猪肉在用大蒜爆开的时候，周围的路人闻到，已开始流口水。

酒店伙计送上甜品，想先敬佛，再分享一羹。结果大家把菜吃个干干净净，剩下一大锅鸡汤，就把带来的公仔面放进去煮，这工作由美术指导张叔平担任。

当晚电还没接好，点着蜡烛吃东西，气氛极佳，南斯拉夫人第一次吃公仔面，翘起拇指大赞："比意大利粉不知好吃几百倍，只是那小水饺硬了一点，不过咬开了味道真好。"

原来张叔平把那包麻油也扔了进去。

也好

拍这场时装表演的戏，用 200 个临时演员，一连四天。

男的西装领带，女的晚礼服，似模似样，大家安静地走进来，由副导演记下姓名分好组，有条不紊，扮演记者的自备相机，牌子还是名贵的。

吃饭只是分派三明治，茶和咖啡任饮，他们也不离开现场，听话得很。

其中真有几个美女，中国工作人员到底保守，眼巴巴地看着不敢上前搭讪，反而她们大方地利用休息时间，对东方事物问长问短。

天气炎热，拍戏的大厅又无冷气设备，他们并不埋怨，只拉拉衣服，用南斯拉夫话轻喊道：热呀！热呀。

我们的工作人员说："在中国拍戏哪里可以找到那么多那么好的洋人当咖喱啡[①]？"

"别忘记，在这里要找中国人可难了。"我回答。

[①] 咖喱啡，指临时演员。——编者注

他们还是赞不绝口："这里的咖喱啡实在太好了。"

"当然好。"我说，"价钱也好。"

长大

拍电影，等待的时间多，不是等化妆就是等道具、服装、机器换底片，等等，总之要等，不等就不是拍电影。

等的时候，工作人员都喜欢恶作剧，几十岁的人了，还画一张乌龟贴在别人的背后，或者把报纸撕成碎片扔在人家头上，小小的胡闹，弄得一群人哈哈大笑。

在生活中，我发现不只是拍电影的大人喜欢学小孩，其他行业的工作者也是一样恶作剧。不伤大雅的玩笑，让单调的日常起变化，是多么值得做的事。

每天板起脸孔，忘记开玩笑的人，是可悲的人，他们要维持自己的尊严，但用这种手法是低能的。

我们每天开玩笑，南斯拉夫人也参加，有时玩笑越开越大，闹得脸红耳赤的时候忽然大家又哈哈大笑起来。

"童心未泯。"我说。

南斯拉夫的人说："我们也有同样的说法——不要让你身体中的小孩长大。"

童话

南斯拉夫摄影助手波里斯，爬上山去摆机器的时候，不小心被石头擦破了手掌，连皮带肉，整块不见。

过几天，看到他甚痛苦，伤处已化脓。这个人天生硬骨头，粗野得像一只狮子，小事眉头皱也不皱，现在这种情形，一定痛得厉害。

我说："为什么不搽药。"

他摇摇头，回答道："我不相信什么鸟药，自然会好的。"

我就由药箱中拿出一瓶云南白药来给他看。

"这是什么？"他问。

"中国的特效药。"我说，"搽了即刻会好的。"

他的眼光中表现出疑问。

我知道不推销他是不肯用的，所以滔滔不绝地说："这种药是几千年传下来的秘方配制的。以前皇宫里才有。"

"真的？"他翘起一边眉。

"当然是真的啦。"我继续，"现在老百姓也能用，还不快点搽上。"

"瓶子里那粒小红丸是干什么的？"他问。

"那是给中子弹时才服的保险丸，你没有伤得那么严重，只涂上粉就是了。这种药，战时缺货，卖得几百块钱一瓶。"我强调。

"那么厉害？"

"试试便知。"

波里斯终于伸出手，我把药粉放在他的掌心中。

"要是能够好，才是童话了。"他还是不相信地说。

我不再多讲，由他去。

再过几天，波里斯的伤处果然收口，干成一块硬皮，他走过来道谢，大声呼喊："真灵！真灵！"

以后，他每次见到我，都伸头过来依偎在我的胸口，以表示感激。看他那样子，我想起为狮子的脚掌拔刺的故事。在现实生活中，也有童话。

野人

"野人"是我们的杂工，方块脸，蓄胡子，肌肉硬如石。

要拍一场黎明大战的戏，早几天已准备，服装和道具都留在郊外，由野人去看守。

利用休息的时间，星期天凌晨三点，和导演及摄影师去观察日出。南斯拉夫当时日长夜短，不过太阳的上升依天气而定，晴天四点，阴天五点，很难作准。

抵达现场，野人老远地跑来相迎，他好多天没有说话了，见到我们即刻咿咿呀呀，不管我们听懂听不懂。

虽说是夏天，那里的深夜只有10℃左右，我们都要披皮衣，但野人光着膀子，指着我们哈哈大笑。

生了营火，大家围着它等待，野人示意他要走开一会儿。回来时，手上拿着三个大玉米。问他是不是偷来的？野人摇头，喊道："自助餐，自助餐。"

将柴木拿开，剩下烧红的炭，野人把玉米放在火上煨，摄影师问说为什么不拿四个。

野人说："三人，三个。够了，我不吃。"

经他那么一说，我们这群贪心的城市人不禁感到羞耻，是呀，吃多少拿多少，那不是自然的规律吗？

玉米发出香味，但在炭中沾满了灰，怎么下口？野人等它烤得熟透的时候，一手拿起，在石上一敲，灰烬掉尽，然后把玉米一擦，干干净净。又香、又甜，玉米柔软得不黏牙，一颗颗黄金般地闪亮。

接着他又煨了番薯，切开洋葱，什么食物都是就地取材。

最后，野人扑通一声，跳入河中，沐冷的河水对他说是舒服的，不久，他便抓到三条大鱼，削尖了树枝插着鱼拿在火上烤。

"要不要多抓几尾？"他问。

我们摇摇头："三人，三条，够了。"

野人知道我们在学他的口吻，笑着默默地烤鱼。

望着他，觉得人类是多么的美好。

忽然，我发现野人没有参加我们的工作。笨重的机器，没有他来抬，进度缓慢了许多。

"野人呢？"我问。

"不干了！"

"为什么？"

南斯拉夫人指指头颅："他脑筋有问题，走了！"

我对这个答案显然感到不满意，但也没有办法，是他自愿不干，又不是我们炒了他的鱿鱼。

"酋长！酋长！"路上有人在叫我，这是野人对我的称呼，我一听就知道是他，停下来和他握手问好。

主要的原因是这里的电影公司把他的薪金扣掉，给他剩下的很少。

野人说："酋长，你很好。这里的公司，黑手党！"

我们分别。以后，常见他在酒店附近浪荡。

渐渐地，他酗酒，自己一个人大叫大嚷："黑手党！黑手党！"

"剥削人工，是城市中常有的事。"我告诉野人，"吃亏一点，总比没得挣好。"

"不，不，我在乡下，赚一块是一块。"野人说完走远。

半夜，电话响，有人在叫酋长。

赶下楼，吓了一跳，野人满脸是血。

"警察打的。"他说。

我掏出一把钱塞在他手里："野人，回去吧，回到你的乡下，回到你的大自然。这里，不适合你。"

野人点点头，悄然离开。

好一阵子没人叫我酋长，偶尔会想起这位粗犷又可爱的人。

今天又在城市中看到他，喝得醉醺醺的，大骂电影公司是黑手党。

"你回来干什么？"我问，"乡下不好吗？"

野人悲愤地说："我已经赶不上我乡下的朋友，城市是一个铁笼，我要死，也得回到这里来求死。"

孤独

一个人在房间里煮食。

今天买来的蘑菇特别巨大，又白又胖，一公斤才卖 15 港元，买了 3 元的，已足够烧一大碗蘑菇汤。

南斯拉夫的老妇出售一种鸡丝面，用鸡油和鸡蛋及面粉搓成，富有弹性，入口香甜，绝不输给我们的拉面。

把面在蘑菇汤中烫热，捞起来加点由远方运来的蚝油。一切准备好，慢慢吃。

脱掉外衣，剩下 T 恤和底裤，也不顾对面窗口的人望见。这间酒店没有冷气，实在太热。

听着收音机，翘起脚大嚼面条，酱汁溅得满身，刚才切下的蘑菇蒂还滚在地上，吃了再收拾。

和旁人在一起吃饭，总是让人家先尝好的，处处照顾到细节，自己一个人进食，哪管得了那么多。

孤独是一种享受。但如果不顾旁人的感情，那么孤独将只是孤独。

自助餐

我们拍的外景，到处是果树，现在桃、杏、梨和苹果结果，压弯树枝。

原来胡桃树是这个样子的，工作人员感叹，果实还长着刺呢！

果实有些是野生的，有些是一排排地大量人工种植的。每家的花园周围都种上数株。一粒粒油亮亮的果子向我们呼唤，很想采下品尝，但又怕被主人骂，只好眼巴巴地看着。

南斯拉夫工作人员却不管那么多，一安顿好摄影器材就伸手去采，吭哧吭哧地细嚼。

"人家的东西怎么可以随便采？"我带点责备味道地说。

灯光师傅回答道："不要紧，只要向自己说三声：自助餐，自助餐，自助餐！采了绝对没事！"

见鬼，世界上哪有这种事，但实在想试试手摘果实的滋味，也就大着胆，向自己说："自助餐，自助餐，自助餐！"

三声说完，果然一点罪恶感也没有，真奇怪。

偷梨

现在我们已经习惯看到水果便采，只要说三声"自助餐"，便心安理得，就算是人家种植的，也当它们是野生的。

毛病出在手够得到的，多数是太生、太硬，吃起来酸得像醋。要不然，便是太熟，蜜汁已经流干。

其实市场上售得很便宜，但无论如何总比不上手摘的有味道，而且非常刺激。

南斯拉夫的苹果很小，与美国的大蛇果相差十万八千里；梨也不大，追不上澳大利亚啤梨。杏子最好，圆润香甜，我这个不喜欢吃水果的人也渐渐上瘾。

一天，看不到杏子，只有一株瘦小的梨树，口渴死了，不管那么多，随手摘来吃。"上得山多遇着虎"，远处，看到屋里的主人带着他那个小女儿向我们走来。

这次完了。他们走到我们面前，小女儿笑嘻嘻地把我们手中的梨扔掉，另外献上几粒大杏子。我比被人家骂更脸红。

在故友的老家，我代表她归乡

旅心

许多人看了《甘地传》，到印度去旅行，却感失望。

看印度抱着参观甘地的故居的态度，不如去莎士比亚的老家，或者更通俗地拜祭拿破仑的坟墓。如果是崇拜甘地的理想，那么只踏入他最爱的土地，已是一件乐事。

从小就向往印度，不知甘地是谁。家里有位印度司机，他告诉了我许多印度的童话。更令我喜欢的是司机 9 岁大的女儿，我们一起游戏，她说从来没有回到自己的出生地。我说以后赚了钱，买两张船票，一块儿牵着手去走走。当年年底，她父亲便把她嫁了人。这件事着实使我震惊、失望和沮丧，更联想到我是 18 岁青年时，她已经是个祖母了。

非去印度不可。第一次到达肮脏、混乱、贫穷的南部马德拉斯[①]时，一点怨言也没有，这是我故友的老家，我代表她归乡。

马德拉斯

印度南部，淡米尔省的首府马德拉斯，有如中国的厦门和汕头，人

---

① 即今"金奈"，旧称马德拉斯。——编者注

们自古移居到星马、印度尼西亚等地，把赚到的钱都寄回故乡。

第一次踏入印度，是由新加坡直飞到马德拉斯。飞机上挤满衣锦荣归的印度人，带着各式各样的收音机、录音机、电视机、电饭煲和种种礼物。

几乎每一个印度人都在拼命喝酒，大概是因为免费，但主要的是，马德拉斯还像美国的二三十年代一样在禁酒。喝多了，厕所也要排队，轮到时一看，地上积水，所有化妆品、肥皂、厕纸、便器纸盖被一扫而空。

飞机升高，有一点冷，到架上拿条棉布来盖，一阵异味，像婴儿吐出来的奶酸，自己也想作呕。南洋华侨小孩，会几句淡米尔话，至少可以骂人，正要发作，一看——

坐在左边的一个父亲向他身旁的小儿子说："再过一下子，你便能看到祖国了。"小孩兴奋地望出窗外，他的母亲慈祥地摸摸他的头发。突然又觉得与我们有什么区别？

禁酒

到达印度马德拉斯机场，过海关走出，许多识途老马的洋人都争先恐后地去排队。看到窗口外有个牌子，写着"饮酒准证"。原来是在领取酒牌，真是滑稽，坐了老半天飞机还要遭此老罪，我才不干。

入国时一个人可以带一瓶免税酒。回到旅店，印度朋友眼直直地盯住你那樽东西，觉得不好意思就闯祸了！瓶子一开，那个印度人毫不客气地拼命往喉咙倒，到这个时候岂肯白白浪费，也和他们争着来喝，不消 15 分钟，这樽宝贝就此报销了。

在外工作奔跑，太阳炎热，午餐想好好地来一瓶冻啤酒，侍者直摇头。拖着疲倦的身体回到旅馆，以为住客总能在酒吧买到两杯吧，酒保同样地直摇头。

后悔已来不及，酒虫在肚子里作怪，嘴越来越馋，那些美好的名酒到哪里去了？有瓶土炮我也满足。想发明一包糖品般的粉末，倒入开水中即刻变成各式各样的佳酿。

印度友人觉得内疚，晚上，用报纸包了一瓶东西，珍惜地拿来与我分享。好家伙，酒装在一个药瓶里，也不管是不是甲醇，一口干了，味道甚怪，问他说："这是白兰地还是威士忌？"

他的表情好像是说："管他什么威士忌白兰地，有酒喝你还嫌些什么？"

怪不得他要把我带去的酒一口喝光。

印度历险记

在一个交通很不方便的印度深山中拍戏，对后来报到的演职员不能亲自接机。旅行社的经理拍着胸口，保证一定把他们送到。我们人手不足，又没有翻译，我离开不了现场，心想他们几个都是彪形大汉，也就只好依赖旅行社的人把他们送到。

谷峰、李修贤、摄影师和另外三个同事由中国香港转新加坡，飞科伦坡后抵达马德拉斯机场。

走出海关一看，果然有两个的士司机拿了写着他们名字的大招牌等待。放了一百个心后跟他们走到停车处取车。

印度的士又老爷又小，后备箱已装满，其他行李只好放在客座内。缩起双脚，李修贤说："反正由机场到市区，最多也不过一个钟头，就忍忍吧！"

走了两小时，他们还是看不到酒店，心中开始发毛时，车子停在几间茅屋前面。司机要他们等待，走进屋里叫他们的老婆开饭。摸着肚皮走出来，手中提了个铁架，用螺丝钮在车顶上。

"天呀！"谷峰说："原来是用来放行李的，我们还要走多少路才到？"

遥遥无期的路程，言语又不通，唯有跟着司机上车，好在脚还可以伸直。

经过弯曲的山路，行六个钟头车，他们看到一个小镇，即刻示意停下，指手画脚地说要吃点东西。哪知出门时忘记换卢比，深山里又不收美元，结果把用完即扔的打火机物物相换地骗了几个印度烧饼充饥。

再走四个钟头，他们说："完了，完了。"

看到前面的那个小镇，是已经停过脚的那个，司机迷了路，兜了一大圈又回到原地。

重新赶路，八小时辛苦地度过，中途吓了他们一大跳，车子差点驶进深谷中，原来那两位司机大爷竟然一面开车一面打瞌睡。

不能再忍，他们把司机赶到一边，自己驾驶。看地图，认生字的情形下，最后再经 10 小时才到目的地。全程 30 小时。

旅行社经理看大家苦口苦脸，说："替你们省了国内机票，还不高兴？"

唯一娱乐

　　由马德拉斯一路乘车子到中部山城孟加罗，外面看到的是绵绵不绝的峰峦，都是光秃秃、枯黄黄的。道路两旁的树，样子像大型的西洋芥蓝菜，但不是绿色，黑黝黝的。

　　再从孟加罗到米索。这高原一年似秋，没有典型的炎热。城里有数家电影院，是该地最豪华、最现代化的建筑。我们趁空闲，随便选了一家进去看看。哇，真是富丽堂皇，座位柔软宽大，而且可以舒服地卧倒，绝不逊于任何东南亚邻居的戏院。

　　我们在此地的森林区中工作，交通不便，每天由旅馆到现场要坐两小时的车，一早出发，晚上才能回来。归途中，路旁总有成群结队的印度人走向城里，起初不以为怪，但天天如此，司机解释道："这些人是到城里去看电影的，并非没有巴士，而是要省下车票，反正晚上没事，步行两小时算不了什么。"

　　怪不得印度片子都是长达三个钟头，戏院也那么豪华，制片商和电影院都物有所值地供给大家享受这唯一娱乐。

有甜有苦，总是人生的一个过程

蚊

我们搭了一间茅庐，依世外桃源的理想，便在这周围拍戏。

到了晚上，灯一开，引来一群飞蛾。本来不出奇，当我们发现那堆昆虫并非蛾蚁，而是巨大的蚊子时，心中才开始发毛。

泰国蚊子与他地的蚊子有别。它并不嗡嗡作响，飞来的速度极快，不出一声，直刺在你身上。

就这么一叮，它宁愿死，绝不逃走。针刺入骨，这个时候，你感到一阵痛楚，马上用手拍它，拍死了，是它短命；若死不了，它便尽量地把你的血吸出，再放入大量的毒液。

皮肤即刻出现一颗又红又肿的包，越抓越痛，越搔越痒。这种感觉，是身体上不舒服度数的最高点。

痛痒每隔半小时来一次，涂任何药膏也解决不了。用手大力抓，皮开肉绽，痛痒不退。最后，再也忍不住，只好用小刀片把那颗讨厌的红斑切开，流出血来，再洒上最强烈的碘酒，才能得到短暂的安宁。

群蚊又袭来，有油绿、褐黄及乌黑数色，大小不一，各具巨毒，被叮处红肿，一星期不消。

自读《护生画集》，已无杀生之念，初时强忍，以手挥之，但群蚊耐心更甚，纠缠不清，我身上露出的地方皆被咀嚼，连双耳也不放过。数夜工作下来，全身伤痕累累。

一晚，我双眼发红，发出凶光，已蓄杀意，噼噼啪啪，连毙数十只。手上沾满鲜血。更狂性大作，不等蚊子前来，拿一罐杀虫剂追斩，无辜的飞蚁，也连累受害。终于不忍心再杀。此时已精疲力竭，趁吃夜宵之半小时，闭眼假寐，全身作不设防状态，变成蚊群的自助餐。

做了一个梦，是自己割脉挤血入杯，请蚊饮之，省免痛痒。蚊子点头同意，大家和平共处。

醒来一看，忽然不见蚊群，原来它们已吃饱，带队回去。

打伞的老头

和我们一块儿工作的，有一个叫阿农的老头，身材瘦小，蓄了不整齐的小胡，皮肤极黑，看起来有 50 多岁。

阿农的职务是替摄影机打伞。他很忠实地守住岗位，我是说摄影机的岗位。总之，镜头走到哪儿，他便跟到哪儿。大太阳、降暴雨，他自己身置大伞之外，不让机器有任何的损坏。对一部完全是外景的戏，这是非常重要的职位。

人总有些毛病，阿农的毛病是喝酒，他把低微的日薪全花在酒上，喝的是最劣的威士忌。至今，阿农还是没有钱娶老婆。与其他因爱酒而独身的人一样，他的名言是："女人会出卖我。酒，可以永远相信！"

一晚，我们拍戏到深夜，忽因大雨而收工，我看到他全身皆湿，心有不忍，便请他到附近的小食摊去饮两杯。我叫了几个小菜，和一瓶当地算是最好的湄公牌威士忌。

两人坐下，同样的是喝而不送菜，虽然语言不通，大家已做出酒徒的会心微笑。

想找话题，但无能力进一步沟通，他连最简单的英语也听不懂。最后我唯有指着他："阿农，你45？"

我把他的岁数减低5年，讨他欢喜。想不到他马上点点头。

一时大意，我指自己，说："我，45。"

多讲几年，以为会更接近他，哪知他一听，苦笑出来，然后弯起手臂，做出一个"我是以劳力来换取金钱的人，当然比你老得快"的表情。

我马上知道说错了，即刻指指自己的头："我这里，60岁！"

接着，我指着阿农的脑袋："阿农，你这里，18岁。"

阿农听了微笑，一丝淡淡的哀愁，已不存在。

吉蒂

吉蒂是我们小型巴士的司机，雄赳赳的大男人，但是有个女人名字。

"我妈生了六个儿子，一直想要个女孩，结果有了我，还是个男孩，气起来，就叫我吉蒂。"他笑说。

替我们开车不容易，每天六点半出发，下午同时间回来，做足12小时。中间还常赶数小时的路程由乡下往返曼谷，三个月来不停，别人休息也要用车，他从无一句怨言。

吉蒂最大的享受是抽烟和音乐，车上的音响设备一流，卡式盒带堆积如山，对于古今流行曲，吉蒂无一不识。最喜欢的是西蒙和加芬克尔。

回到房间，吉蒂拿出一管自制的水烟筒猛吸。

一次由曼谷的归途中，看得出吉蒂已非常疲倦，他一手驾车，单手卷好一根烟，又快又准，刚要抽，我说："吉蒂，我并不反对你在房间抽，但是工作时间就不要抽了。"

他点点头。把烟收起来说："你很好，坐车不坐在后面，一直坐在司机位旁边，又不把脚翘起来，我尊敬你，我尊敬你，我不抽了。"

从此，我们做了好朋友。

有个晚上，我们拍完夜班戏，停下来在路旁吃夜宵。

旁边桌坐着个宪兵，已是大醉，在那儿独自喧哗，我向吉蒂示意吃完便走，他点点头。

哪知在倒车的时候，吉蒂不小心碰到大排档的帐幕，惊动所有的客人，那个宪兵忽然冲上前，拔出手枪向我们射来。此命休矣，我正在想的时候，吉蒂下车，走到那宪兵面前，大声喝道："你看清楚我是谁？"

宪兵没想到吉蒂胆子那么大，愕然地望着他，跟着拼命行礼道歉。后来我才知道吉蒂以前的官衔很大，那宪兵被他管过。

灰姑娘现代版

每天清早六点钟，督促工作人员出发的时候，总看到一个骑着单车，到酒店厨房来送炭的少女。

头上包着块布，保护着秀发。肮脏的脸，更显得两个大眼珠可爱。一身浅色的衣服，已被染黑；十指以手套遮住，没有一点肉露出来，却遮不住健美的身材。

从酒店伙计的口中，我们知道这女孩子由清迈来，寄居在木炭行亲戚的家里，虽然什么活儿都要她做，她还是纯朴勤力，任劳任怨，永远带着微笑。

一晚，灰姑娘独自出现在旅馆的小舞厅。她已换上鲜艳的衣服，在舞池中狂舞。一头直发，跟着热门的音乐左右摆动，拂到身旁的青年脸上，大家为之倾倒。

从外地来的工作人员即刻围上去请她跳舞，她来者不拒，跳到午夜，即刻不见了。第二天，照样六点钟来送炭。和她跳过舞旳人向她打招呼，她好像没有见过。

友姑娘来舞厅的次数越来越多，每次都在 12 点失踪。

忽然，一下子看不到她的影子，送炭的也已经换了别人。

大家好想念她唷。问长问短，只知道她也没有回到亲戚店里。他们不便报警，又无法找到她，就不了了之。

正当大伙儿已经开始忘记她时，消息传来，说有人在曼谷的夜总会遇到，千真万确，一定就是那个灰姑娘。

工作人员都争先抢后地在休息时间，乘几小时车，老远地到那家叫"粉红玫瑰"的地方找她。

回来的人告诉我这么一个故事，原来她去当舞女是自愿的，并非什么被迫入火坑。反正要生活下去，不如走快捷方式。

大家为她惋惜，我们的灰姑娘瞪大眼睛，反而当这一群来劝她脱离苦海的现代白马王子发了疯。

喜爱的人

阿甸是我们场务组的头头。所谓场务，是什么粗重的工作都干的电影从业人员。

我们这一个镜头是从树上拍下来，阿甸就即刻爬上去，钉好架子，让摄影师安镜位，他自己先被树上的红蚁咬个半死。

这一场戏在沼泽中打斗，阿甸潜入水中拉动摄影船，拍完后他浮上岸，全身是水蛭，我们要用烟头一只只地烫，它们才肯放松吸血的毒牙。

跟着阿甸的四个人，都身怀绝技；搭布景的好手、设计道具的专家、飞车的替身和第一流的演员，无所不精。

阿甸的手下说："这一次我赢定了！"

一斧飞中，锵锵有声，深深地埋在树身，木柄还在震动。

大家都伸手向阿甸要钱。他说："慢点，我只输5000，不如加倍，我这一斧要是准过你，前面的账就算了；扔不中的话，那我给你们一万！"

真替阿甸担心，他的日薪只有200泰铢，合起来不到10美元，怎么输得起那么多？

旁观者都屏息紧张，阿甸瞄准斧头，大力一掷，砰的一声，柄子先到，斧头掉地。如何是好？阿甸若无其事，只把10泰铢丢在地下，手下大笑，拿去买5个冰淇淋，一人一个。

原来他们从不把赌注当真。

金铁头

到泰国乡下，找到友人，他一把把我拉住说："走，我们去看金铁头。"

"什么金铁头？"我立即问。

"你看了自然就知道厉害。"

我们坐了半小时的车，到达一间小馆子，门口挂着："金铁头川菜"的招牌。

哈哈，金铁头原来只是一个厨子。

但是，在这种地方，怎么开起川菜馆来，真是奇怪。友人说明他是在这里避难的。

我们走入餐厅。来得太早，还没有客人。朋友和金铁头很熟，直接跑到厨房去找他。我也跟了进去。

一看，吓了一跳，金铁头刚刚由帆布床爬起。他身高六尺，体壮如牛，头光秃秃的，一根头发也没有，样子有点像《国王与我》里的尤·伯连纳。

朋友给我们介绍，他伸出手来一抓，差点把我的手骨捏碎。

"金师傅，我们是专程来欣赏您的牛肉灯笼这一道名菜，请您老人家露一手吧！"我的朋友恳求。

"老了，老了，不中用了。"金铁头说道："但是你们老远来，总不能让你们失望。"

他说完把白干瓶子往嘴里一倒，嘟嘟嘟地喝了几口，"噗"的一声把酒喷出来，擦擦嘴。这就是他的刷牙洗脸了。

习惯性地将刀磨利后，他拿一块白布铺在大腿上，再放一块牛肉，然后用快刀唰唰地切下。切完把布撑在我们的面前，一个破口也没有。

我们拍掌叫好。

"但是，为什么叫他铁头呢？"我小声地问。

他把两个大猪耳一放放在头上，嚓嚓嚓，拿大刀往自己的头顶上片。

只靠感觉，不用眼睛就一下子将猪耳切成薄到透明的数十片。

加上麻辣，软骨给他切得无影无踪，入口即化，一生中没有吃过那么好的猪耳。

唤回

在泰国乡下看到小刨冰档，和儿时所见的一模一样，心中大乐。

缺少不了的道具，是一张像小凳子似的刨床，中间有个扁长的洞，小贩们将一片钢刀朝天插入，以小铁锤叮叮当当地把角度校准，露出亮晶晶的刀锋。

长方形的冰块摆在刨床上，再拿块插着九根铁钉的小板，牢牢地吃入冰中，小贩便把冰推前拉后拼命地刨出碎冰来。

以左右手掌将碎冰挤成一个圆球，小贩问说："要樱桃还是柠檬？"得到答案后，他从架上拿出一个红色或绿色的玻璃瓶子，以大拇指封住瓶口，留出小缝，淋上糖浆。最后加炼奶，罐的边缘打着两个小洞，将奶滴在冰球上，一面滴一面转动冰球，速度极快。大口咬下，牙龈酸得麻痹，痛快感觉，至今不忘。童年之情趣又一闪闪地重现。要不是今天看到刨冰档，这段记忆便永远地被埋藏起来。我是多么珍惜这一刹那，它把已经消逝的生命唤回。

艇仔粿条

粿条，又名沙河粉，深受市民喜爱。潮州人做的牛肉粿条，是把牛的骨肉熬出浓郁的汤，分生肉和熟肉两种，前者生灼，略带血丝，富有弹性；后者将肉切薄片，加入牛杂，肉较柔软。

泰国潮州人多，这种食品特别普遍，小贩在江河上撑着小艇，卖牛肉粿条。上了陆地后，有的将小艇搬去当招牌，坐在里面卖，表示是名副其实的艇仔粿条。

小碗中加了炸油葱、豆芽、芹菜、胡椒粉和天津冬菜，死守由中国传来的味道。泰国土著顾客有自己的生活习惯，吃艇仔粿条时一定加几茶匙辣椒粉，把汤染红，又喜添大量的花生米和白糖，变成是吃甜品了。

外地客人起初不大吃这种东西，除苍蝇外，也不知那些白灼生肉有没有细菌。最恐怖的是，小贩在做完那碗牛肉粿条之后，把一双筷子浸在汤中消毒一下再上桌。这碗汤岂不是留下了一双筷子的毒？这个坏习惯潮州小贩也有，泰国人学到十足。

腌

泰国菜中，有一类叫"Yam"的菜品，暂译为"腌"吧。

腌的主料有牛肉丝、鱿鱼、猪肉碎、鸡和虾等熟食，或是粉丝、鸡脚鸭掌、蚝及鱼片等东西。

所谓腌，是把以上各种，加入小红葱片、大蒜粒、香茅、薄荷叶、金不换、芫荽、指天椒碎等凉拌后上桌。食前在腌上加点糖，再挤柠檬汁。其味道甜、酸、苦、辣交织，与人生一样。

此菜最宜在热带吃。当你一点食欲也没有，又遭宿醉索命时，一入口，马上将胃吓醒，什么面包白饭都能咽下。

吃不习惯的人如嚼肥皂碎粒，它还加入腥臭无比的鱼露，味似不洗之袜，包你即刻作呕。一旦爱上，便时时想吃。细嚼之下，偶尔咬到半个指天椒，似微型原子弹在口中爆炸，唾涎变成强力胶水；双目冒烟，眼睛发蒙雾，辣得要抓着舌头跳迪斯科。

同化

泰国人不流行喝白兰地，他们土炮的名称虽叫威士忌，但是喝起来一点也不像苏格兰名产；介于白兰地、威士忌、毡酒 [①] 和咖啡之间，偶

[①] 毡酒，即金酒，又名杜松子酒，香港、广东地区称之为毡酒，台湾地区称之为琴酒，音译自英语 Gin 或荷兰语 gin。——编者注

尔也可以饮出些微榴梿味来。

带来的洋酒喝完，现在只好靠土炮过活。起初净饮，一口下喉又差一点吐出来，这根本不是发酵馏的酒，一定只是用酒精和香料混合而成的杀虫剂。

无可奈何之下，掺了水来喝。还不错，现在才知道泰国人为什么每次喝酒都要加大量的冰和水，越喝越有味道，虽说有咖啡和榴梿味。喝泰国土炮，最好吃本地菜，辣得交关①，冰凉的酒嗞的一声，把烧红的胃火浇熄，是无上的享受。

喝完来一支本地烟，上次被呛得咳出肺来，现在怎么那么顺口？这么价廉物美的东西去哪里找？谁要再尝洋酒洋烟？

宋冬

泰国北部，流行一种叫"宋冬"的小吃。通常由一个妇人挑了担子，摆在路边，人们便围上。好此道的人士，的确不少。

宋冬的主要原料是青木瓜，它未熟时很硬，老板娘用一个刨子把它推拉成丝后便放到一个小臼子中，以木槌乱桩。

配料极多又很复杂，先是抓一大把指天椒，然后加大蒜瓣、蜜糖、花生、小虾米、西红柿、香柠片、辣椒酱，还有记不清的种种，最少有十几样那么多，再大桩一轮，又辣又香是世界上最开胃的食品。

① 交关，粤语，意为"很""厉害"。——编者注

嫌它太素的人，便要老板娘加入一只浸在酱油中的小螃蜞。因为它的腥味，引来许多苍蝇。有时天气太热，螃蜞已长出蛆来，但是客人要求刺激，有了捣碎了的螃蜞，味道好得多。

并非每个泰国人都敢吃"宋冬"，尤其曼谷人，多半怕它脏。我将这种独特的风味推荐给一起去的工作人员，有一个吃了，第二天便被送到医院去。

面食档

通常，在肚子饿的时候才写关于食物的杂碎。来到泰国之后，无一餐不饱，因为住的地方虽然是乡下，但到处有面食档，24小时营业。

所谓的面食档，其实很少卖面，只有粿条和米粉，分叉烧及碎肉、灼牛肉和肉丸两种，配料有豆芽、通心菜、炸大蒜瓣、胡椒、冬菜等，最后一定加一大茶匙味精。

独特的泰国习惯，是食物上桌时，呈上一个四实架，它是塑料做的，每一格子装着一个杯，分别盛红辣椒粉、白糖、青辣椒渍醋和辣椒酱。

另外有一瓶鱼露，盖上钻一小孔，倒入汤中时，一不小心，便"嘟"的一声，一滴鱼露飞射到你的手上。

米粉可干食和汤食，前者不加汤，但添了一汤匙糖和花生末。泰国人不管干食或汤食，总是乱放辣椒粉和醋，糖更似喝咖啡一般地加，整碗东西花花绿绿，起初一看呕心，现在吃得津津有味。

种子

在泰国的乡下，晚餐已经吃遍了所有的餐馆，求变化之中，尝试了每一个大排档。发现了最适合我的口味的，是一档猪杂汤。

第一个印象，是非常干净。汽车灯常麇集飞蛾，它用一片塑料纸来挡住，不让它们掉入食物中。

老板是一个戴眼镜的老头，他的妻子有张泰国脸，正在帮他舀汤。儿子已不会讲中国话，和土生的媳妇在叽里呱啦地招呼客人。

那碗猪杂汤中有血、肚、胃、腰子等，加以珍珠花菜，是一碗地道的中国食品。

客人不多，吃惯酸甜苦辣的泰国人，并不欣赏这淡淡的禅味。

我问老板为什么不把味道改成大众化一点，为了生意，这也无可厚非呀。

老人家直摇头："偶尔也有些泰国人老远地跑来吃我们的粥、面等，因为它们保持了原味，猪杂汤终有一天他们会爱吃。现在不行，但是，最少由我下了一颗种子。"

咖啡档

大清早去逛菜市场，顺道吃一碗牛肉河粉。味精下得太多，想喝杯茶，便蹲在路边的一个小咖啡档前。

泰国咖啡档的特色，多数是由妇女经营，她们木无表情，默默地递上一杯杯的咖啡或茶。两者都不是泡沏的，而是把壶放在火上煮，又浓又香。

在乡下，用的茶壶当然不是锡兰①产，土茶泡出的颜色像鲜血一样殷红，一定是加了人工染料。在那儿喝不到铁观音或普洱，只有以不加糖奶来代替。

咖啡档同时贩卖香烟，看到一种多年来未见的现象，那就是把纸包打开后零售，客人付极低微的代价，买一两支来抽。

点心是油炸鬼，形状没有中国人吃的那么长，小小的两块合起，倒像只大飞蛾。

当地做苦力的人走过，扔下几个铜板，老板娘便拿出一樽土炮倒一杯，他们一口吞下，又继续上路。很奇怪的是，他们的外形和表情，与中国香港茶楼早上吃双蒸的人，一模一样。

泰国的茶

泰国人不喜欢喝茶。冷开水加冰，才是热带人的饮品，偶尔，餐厅也给你一杯，但总是几片被冲浸为原形的茶叶飘在水上，只有淡淡的颜色，连一点淡淡的茶味也没有。最不可思议的是，这一杯颜色水上，浮着几个大冰块。

在曼谷，只有少数的中国餐厅有饮茶和点心的服务。问题是，到处只在中午12点才提供茶壶，早上绝对饮不到，这已经失去了真正饮茶的精神。

---

① 锡兰，斯里兰卡民主社会主义共和国旧称。——编者注

我爱喝浓茶，来到这里工作，非常不习惯，到最后亲自买了四两茶叶，请他们代冲，结果泡出来的，分了 40 多次之多，依然是颜色水。

没有办法，只好带一个小热水壶，每天一早起身，烧点开水，抛入大量铁观音或普洱，拿到工作地点，等最疲倦的时候，来一杯提神。

泰国工作人员看见了那杯又浓又黑的茶，说："蔡先生已经改喝咖啡了。"

泰化中餐

中国菜传到外国，多少受当地口味的影响，有时是坏事，如韩国的北方馆子，但在泰国却被引入更高境界。

我们吃的烤乳猪，在曼谷吃到的只有母鸡那么大小，爽脆得能把整只都融化到嘴里边去。蘸的面酱又甜又辣，食欲大增，一只烤乳猪，一个人很容易地吃完。

对鱼翅的印象一向不大好，曼谷的路边咖啡摊外有一小档专卖鱼翅的地方，将价钱和口味平民化。汤清甜，翅柔细中弹性十足。好吃过其他各地的所谓高级海鲜馆的大排档。

焗大虾或螃蟹更是一绝。用一个砂锅，第一层在锅底铺上几片薄的肥肉，第二层是一堆粉丝，第三层是红葱和大蒜，到了第四层才是主料的虾蟹，最后撒以大量的芫荽和胡椒。以猛火焗之，香甜无比，老饕餮们不吃虾蟹，只尝粉丝，它们已被虾蟹的膏染成金黄，较鱼翅好吃百倍。

早餐的汤面很有特色，面只有一小团，但是佐料有：炸水饺、肉片、猪肝、粉肠、大肚、鲜灼肉碎、鱼丸、鱼饼、大地鱼末、虾、炸小红葱干、芫荽，还有数不清的东西。总之，配料多过主菜，一碗汤面上桌，只看到菜而见不着面，这一招喧宾夺主，从来没有人抱怨。

走过食品店，会看到泰国人将大泥鳅晒干后捆在一起，10 条左右，像一个蒲团。把它们炸后蘸酸辣酱吃，头、尾、中间骨全能吞下，干干净净。

洋人们把鸡蛋煎成皮，包毛菰①或肉类，叫奄姆烈②，泰国中菜的奄姆烈是以海参包的，把大海参片成薄皮，包上栗子、冬菰、猪肉等，淋上薄献，吃完不羡仙矣。

鱼头炉是完美的主轴菜，除崧鱼头外，还有鱿鱼丝、虾米、紫菜、猪内脏、菜头丝、大地鱼等。火锅中的炭，不是用来烧滚肉的，而是以慢火来熬出所有配料的精华，越熬越甜，口水直流，再也写不下去。

湄公和星哈

在泰国，认识了许多新朋友，其中有两位要介绍，便是湄公和星哈③。前者是土产的威士忌酒，后者是当地的名牌酒。

第一次尝试湄公威士忌，大口吞下，即刻呕出，其性极烈，味道

---

① 毛菰，即茭白。——编者注

② 奄姆烈，西式煎蛋卷 Omelette 的音译，粤语区大多称它为"奄列"。——编者注

③ 星哈，即泰国胜狮（Singha）啤酒。——编者注

怪异，像许多饮料，就是喝不出威士忌味来，认为它像一个很难交攀的人。

日子一久，和泰国同事聚饮，总得喝上几杯湄公，发现它的好处越来越多，原来湄公不能净饮，加冰块喝也不好，一定要和土制的苏打配搭。此水气多，略带甜味，二种饮品掺在一起，很容易下喉。

湄公牌的酒销路极佳，多数人嫌大瓶的重和麻烦，畅销的是二号装者。玻璃瓶的背面印有制造年月日，出厂不到一星期即饮，谈不上什么6年、12年、不知年。

跟着的是鹿牌、白马牌等冒牌湄公，价钱比它便宜得多。勾了苏打，酒质就不分优劣了。他们都有共同点，一点火即着。

星哈，印度语狮子的意思，有时发音成星加，新加坡就是狮子城。印度文化影响东亚诸国甚大，星哈牌商标上的狮子，样子也像印度种。

最好的饮法是一叫叫两瓶，一瓶雪藏到半份结冰，另一瓶普通凉度。二者掺着来喝，杯面上漂着碎冰，是解渴的最佳享受。有些店里还有把酒杯也加些水结冰，这种服务是其他地方没有的。

星哈的酒精含量很高，你想想放在冰格中玻璃瓶子不会爆裂，是多么厉害！它最少有日本酒精的度数，日籍摄影助手初尝星哈，连饮三瓶，有点头晕，问我此酒有多强？我回答道你已干了一大瓶1.8升的清酒，他即刻好像腰骨断掉，站不起来。

有钱人才喝得起星哈，它的价钱和湄公牌一样贵，一般人只喝得起湄公威士忌。

这两位朋友一直陪伴着我，尤其在收工后，它们令我安眠。饮酒的哲学是不妨多喝，要是你的身体受得了的话。任何东西过量总是不好，太多的可乐，也会喝出毛病来。

享受

对包伙食的饭菜已经觉得厌恶，这小镇所有的餐厅都试尽，新鲜感消失，但今晚总得有东西下肚，问题如何解决？

和两个酒品较好的友人，走向菜市场去。没时间自炊，只到各个大排档去物色现成的食品。

市场小贩自己每天卖的都是新鲜的东西，我说过这些人的嘴真刁，没有水平的大排档，难于做他们的生意。

几块钱的代价，购入香喷喷的卤猪脚、烤鱿鱼、蒸韭菜粿、包薄饼等较传统的小食，再买几毛钱的熟花生、咸菜、小鱼渍等大众化下酒菜，更有新奇的炸蚱蜢、腌螃蜞、烤禾虫等，一下子三个人手上大包小包，已经提满，足够十个人吃的分量。这类东西，肚子一饿，买起来是没完没了。总共也不到去餐厅吃的账单的一半价钱，也就不觉浪费。

回到酒店房间，打开几瓶土炮，隔邻的异乡人闻风而至，小房间一下子挤满了人，白吃完后都说我们会享受。

幸福

我们拍外景的泰国乡下有间面店，它家做出来的云吞面味道奇佳，但不是每天开档，我常老远跑去，只看到关紧了的门面。

卖面的是一对老夫妇，衣着简单破陋，不过洗得干干净净。店里的地板也是雪亮的，客人要脱了鞋才准进去。在穷乡僻壤，这种架子并非每间店都能摆得起的。

一天早上，我吃了两碗面，摸摸口袋，竟忘记带钱，尴尬地向老板说："对不起，明天一定来付。"

老人和蔼地笑着："当是我请客好了，而且，明天我不一定做生意。"

拍了一整天戏，收工时想起欠人家钱的事，便跑去付账。面店老板一见我，摇摇头："何必这么认真？"

"进来喝两杯吧！"老人开始收档，"我有很好的绍酒。"

正合我意，欣然地跟着他到后厅去。一看，哇，不得了，整箱整箱的古籍，"五四"以后的著作更是齐全不缺。

"你想不到我也识几个字吧？"他问道。

老太太把酒拿来，笑盈盈地："死老头最喜欢看书了。"

"你以前也是文艺青年呀！"两人打情骂俏，恩爱得很。想问他为什么会跑到这乡下来开面店。但又不知该不该开口。

"其实也没有什么难言之隐。"老人好像看出我的心事，接着说，"我们爱读书，当时的思想有点不合时宜，后来发现自己太天真，去做生意，赚了大钱，但又被小人诬告。什么都完了。"

他太太走过来抚摸他的肩膀，老头转过去握着她的手："本来想去做和尚的，可是舍不得这个老伴！"

又干了一口酒后，继续说："剩下几个钱开了这间小店，这里的人赚到够吃，便不再做事，我们也是一样。你们城市人以为是懒惰，但是关起门来看书，什么都不做，多幸福。"

看着他们，我似乎了解了老人的话。

湄南河上

为找外景拍摄电影，乘船直上湄南河，流水阔广，并不如其名字那么美丽。

船的形状似一把泰国尖刀，躯长，分成七格，用木板架开，船夫坐在最后的那一格，用一个本田厂的小引擎，拖一长管，尾巴有个小螺旋桨。

我们五个人各坐一格中，船头尖长，船夫的两个儿子五六岁，骑在上面。

小儿子长得特别精灵可爱。太阳直晒，但是清风迎面吹来，他已昏昏欲睡。做哥哥的很喜欢这个弟弟，用慈祥的眼睛看住他，摸摸他的小脸。坐在船尾的父亲看在眼里，也发出欢慰的微笑。

要找的地方看不到，船一直往前驶去，两岸听不到猿声，却传来不停的鸟叫和蝉鸣。热带树林油绿。尤其刚下过雨，树叶像在发亮。船头的水冲前，泼出的水花喷在我脸上，我低头避开，看到了很吓人的事，我们的船舱已进满了水。

立刻向大儿子示意。他一看，若无其事地掀开船底木板，拿出一个切成一半的塑料滑润油罐，开始把水舀向船外。

水一面汲，一面由船底透入，大儿子有点疲倦，用手推他弟弟，要叫醒他帮忙把水弄干。小儿子显然是个顽皮捣蛋鬼，被叫醒后大怒，向他哥哥叽里咕噜抗议，又埋头而睡。

做哥哥的实在不能动了，我们要帮忙，他又不肯，再次摇他弟弟。

小鬼一生气，接过那个油罐就往船外扔去。好家伙，水已经浸到我们的脚。

船夫看了还在微笑，我们拼命做手势说就快要淹死啦！

终于，船夫把船驶到岸边，要我们跳下船。在这深山野岭，就算上了岸也不是办法呀。

两个小儿子像司空见惯地抓起船头。父亲把小引擎搬下船后，提起船尾。

父子三人一二三地把整只船朝天一翻，稀里哗啦，像倒泻水桶似的把水泼出船外。

再装上引擎，继续上船，天塌下来，也没有人担忧。

生意经

带了一架照相机，准备在拍戏过程中拍些花絮，以供日后宣传用，或者做个工作记录。

每次替演职员拍照时，他们一发觉，总做个样板状，各人神韵都是公式化的，欠缺他们独有的个性。

这种照片实在没有味道，于是决定在他们没有防御之下，摄取一些比较活生生和有趣的镜头。

平日忙碌的道具人员，偶尔在饭余，嘴上含着一根没有点着的烟，已经假寐，"咔嚓"就将之拍下。女演员因滴眼药水当眼泪，不舒服时的怪状。武术指导雄起起，也摔一个筋斗。

这些生活写趣，冲印出来后，扬扬得意地拿给他们看。岂知都被对方认为有损形象，或是嫌偷懒出洋相。

不拿去做宣传吧，可惜。留做记录，大概一生中再难去多看一遍。

决定五块钱一张出售。交出照片，他们放心；袋进银纸，自己开心，实在是生意经。

相许

和几位同事吃完晚饭，归途决定弃的士不坐，改乘电动三轮车。这种交通工具是由威士巴牌的小摩托车改装，后面架了一个笼子，摆上五颜色的灯，四个人挤在里面，任司机载我们飞驰。

曼谷被称为世界上最吵闹的城市，都是多亏了这些电动三轮车，它们跑得越快，引擎声越响。晚上下过雨，路甚滑，我们这位司机毫不理会，好像中了邪般地往前驶去，红黄绿交通灯完全忽视，差一点撞到前面来的车，又被他灵巧避过，心中又恐慌又佩服。

明明把地址讲得清清楚楚，怎么又跑到另一区去？原来这位司机仁兄目不识丁，看完卡片后不负责地乱点头，后来把他叫住，要他转头回去，他还老大不愿意。

接着依然横冲直撞，道路凹凹凸凸更不理会，我们刚喝完满肚啤酒，给摇荡到发作，口中差点喷出白沫，五脏方位移动。虽然侥幸回到旅馆，却已全身颤抖，发誓永不再试，但又想到那么痛快淋漓，决定再舍身相许。

小贩

和蚂蚁一样，我们在泰国乡下，外景队一立足，小贩们便出现。

每一档都有独自的食物，他们不会互相重复抢生意。卖的东西单调到极点，有的只是一箩子熟鸡蛋，二三十个，和一小包盐，就那么简单。

其他的是：十几只烧鸡翼、两打虾饼、20多个玉米，还有的在一个小炉子上烧些公仔面、炒一锅炒米粉，等等。

最奇的是一个小贩，永远只带一箱汽水和一小袋冰块来做生意。他把汽水倒入塑料袋中，加上点冰，插入一支吸管，就此交易。

巨大的太阳，大家都去争购解渴，他那一箱汽水一下子就卖完了。收了档，他蹲下来好奇地看我们拍戏。

我以幼稚的泰语问他说："生意那么好，为什么不多拿一箱来卖？"

"卖完一箱，钱已经够过一天了，赚那么多干什么？"他反问。

"而且，"他说，"多拿一箱，很重！"

临别

这三个月来，每天清晨，一定跑到菜市场的小摊子去吃一碗面，风雨不改。

大排档的面因味精下得多，喝完汤后，饮杯浓茶是一大享受，但是泰国的铁观音质量极差，又不普遍，只有用锡兰茶代替。

面摊子的隔邻，是咖啡档，用个大汽油桶当炉子，上面摆着个大圆锅，盖子上有两个小洞，从洞中舀热水沏茶，泡出来的茶，颜色极恐怖，又红又黑，可是非常浓郁。

卖茶的少女满脸青春痘，用一块布包着头发，面无表情。

起初，我很难说服她，告诉她不要在那杯锡兰茶中加糖、奶，她还是死都要放进杯里。给我抓到后，我大声抗议，她很委屈地说："茶，太浓，不加糖，大便不出！"

我不明白她说什么，直到同桌的年轻军人用英语为我解释，才了解她的好意，向她致谢。她笑着又加了两茶匙糖。

军人也是每天一早来饮茶，少女送上奶茶后，另加一杯香片，像染了颜色的水，味极淡。

我问军人："喝完锡兰奶茶，这杯茶用来干什么？"

"漱口嘛！"他笑着。

茶档除了茶和咖啡外，也卖酒，壮汉清晨路过，扔下一块铜板，"咔"的一声，像把小杯子也要吞下似的，干。

一天，几个家伙有点醉意，前来调戏卖茶少女，我因为有军人在场而壮胆，站起来赶走他们。军人则装成看不见，结果好歹地打发掉那群酒鬼，军人才开始向少女望去。她马上把头转过一边，做出一个很厌恶他眼神的表情。军人伤心，默默地丢下钱走掉。

从此，她为我的服务特别殷勤，有时看我吃一碗面不够，拿了两根小油条，迫我填肚。军人看在眼里，不出声，拼命地以哀求的眼光看着少女。我已经忍不住，直接问道："你为什么每天来喝茶？"

他回答："因为她是我的未婚妻！"

望着卖茶的少女，军人继续说："我们青梅竹马，对别的女人，我从来也不多看一眼。但是，人总有缺点的呀！最要命的，我的缺点是胆小！"

我开始欣赏年轻人的坦率，同情地点头："我见过很多人，比你都怕事！"

"谢谢你。"他说，"所以我要去当兵，证明我有勇气，哪知道一点用也没有！"

怎么安慰他才好？少女走过，又塞来两片椰子饼。

我把一块分给军人，他刚要伸手，少女向他瞪了一眼。

停在半空的手，又缩了回去。

三个月很快地过去，有甜有苦的片段，总是人生的一个过程。

我们的电影明天就拍完，由 9 月 8 日抵达，12 月 9 日返程，和预想的日期一样。

今早饭茶，少女拿了一份泰文的报纸，我不认识，她指着标题，问道："中国香港？回去？"

在小镇拍戏，是件大新闻。

我点点头，双手合十，以泰语说声谢谢。

少女的眼圈忽然一红，跟着把一张小纸头写了地址放在我的口袋，叽里咕噜地说了一番。

要付钱，她直摇头，我强迫她收下。她以泰语直喊不行。

忽然想喝酒，我恣意地走到档前，打开一瓶米酒的盖子，倒了一小杯，学壮汉们一口把酒吞下，再声致谢。

哇的一声，她大哭起来，我束手无策，也跟着流泪。

菜市场的小贩和客人都围上来，指着我们这两个神经病嘻哈。

"笑什么，滚开！"军人忍不住站起来大骂。

大家吓了一跳，也就散了。

卖茶少女转过头去，我第一次看到她向军人发出微笑。

我放轻脚步走开。

远处，回头，看到这对金童玉女向我挥手。